KAPTEN NEMOS BIBLIOTEK

Per Olov Enquist
KAPTEN NEMOS BIBLIOTEK

pan

ISBN 91-7263-345-x
© Per Olov Enquist 1991
Norstedts Förlag, Stockholm
Omslag: Bo Ljungström/Landgraff
Tryck: Nørhaven Paperback A/S, Danmark 2002

***

www.panbok.com
Pan ingår i P.A. Norstedt & Söner AB,
grundat 1823

En Panpocket från Norstedts

PROLOG
(De fem sista förslagen)

I

Nu, snart, skall min välgörare, kapten Nemo, tillsäga mig att öppna vattentankarna, så att farkosten, med biblioteket inneslutet, sjunker.

Jag har genomgått biblioteket, men inte allt. Förr hade jag hemliga drömmar att det vore möjligt att lägga ihop allting, så att allting blev färdigt, tillslutet. Att till sist kunna säga: så var det, det var så det gick till, detta är hela historien.

Men det vore ju mot bättre vetande. Mot bättre vetande är dock ett bra sätt att inte ge upp. Visste vi bättre, gav vi upp.

Det är väl inget fel att vara rädd, och hela tiden säga *nu, snart*. Värre är när det hela är över, och det blir *då, aldrig*. Då är det också för sent att vara rädd.

Josefina Marklund besökte mig en enda gång under åren när jag förvarades, när jag teg om det som egentligen hände, de fyra år och två månader jag intet hade att säga, fast jag hade. Man kan ju börja att lägga ihop fast man är tyst. Hon kom alltså på besök. Tre månader senare var hon död, och det gröna huset såldes.

Det var ju lite ensidigt. Hon pratade mest själv. Hon kom in på Eeva-Lisa och sa att hon hade hoppats så mycket när hon kom. Hon hade hoppats att, ja. Som om Eeva-Lisa, fast hon var ett barn, skulle bli som en mor för henne. Fast det var hon som var mor. Ungefär så, men inte med de orden. Och till sist hade det ju bara blivit katastrof. Sen fick hon inte ur sig mer.

Inte ett ord om att hon hoppats få ta hand om döpojken. Man må säga. Man må säga.

Får man inte ur sig, då blir det *då, aldrig*. Och då får man sitta där och flänna.

När hon gick såg jag att hon tänkte klappa mig på kinden, eller så, men hon tyckte nog det var onödigt.

När man tänker på allting som inte blev av eftersom det var onödigt. Henne borde jag också ha tagit hand om.

II
Hårdhet och tårar. Hårdhet och tårar.

Först var det jag som fick det inpräntat. Sedan Johannes, sedan Eeva-Lisa. Josefina inpräntade i oss alla att Gud var den straffande fadern, han var inte "liksom" den straffande fadern, nej, budskapet var att just så var de jordiska fäderna också. Eftersom de var frånvarande och döda, men ändå ett slags hot just genom sin frånvaro, inskärpte hon att sådan är en faders natur. Alla fäders. Gud var den ytterste fadern. Straffande.

Det fanns dock hopp. Hoppet var Människosonen. Han var inte så ond, nästan ilsnedu, som Gud. Människosonen var behändig och allmänt omtyckt och hade ett sår i sin sida, varur kom blod och vatten, och där uschlingarna kunde gömma sig som i en grotta, dold för fienden.

Det var den allmänna meningen i byn också. "Då kom därur blod och vatten." Man avslutade varje bön med orden "För blodets skull, Amen".

Jesus var förebedjaren inför den straffande Guden. Det tog mig hela min barndom att lära mig att Människosonen oftast inte hade tid. Mycket sällan. Och han var i varje fall inte med de sista sexton dygnen, med Eeva-Lisa och mig, i de döda kattornas grotta.

Johannes fick en fostersyster som belöning, det var ett slags försoningsgåva, till honom men inte till mig.
Det var det konstiga. Han trodde säkert att han skulle göra sig förtjänt av en så fin gåva. Men det allra finaste behöver man inte göra sig förtjänt av. De vackra, duktiga och behändiga gjorde sig förtjänta, men de andra kunde ändå få det finaste, alldeles oförtjänt.

Det var Välgöraren, kapten Nemo, som ledde mig till Nautilus, till Johannes, och till biblioteket.
Det är klart att Johannes ljög hela tiden. Han var väl rädd han också. Men jag lärde mig mer av hans lögner än av hans sanningar. Sanningarna var alltid ointressanta. Men när han ljög rörde han sig mycket tätt intill. Lögnerna överlämnade han som ett slags ursäkt till mig. En bön om förlåtelse. Som om man kan be sig själv om förlåtelse.
Jo, det kan man nog. Det är kanske det man gör hela tiden.
När han ljuger försöker han i allmänhet dölja något viktigt. Det är regeln.

Om man inte har något namn är man Ingen. Det är ett slags befrielse det också.
Den sista text Johannes skrev, innan han dog på

kökssoffan i Nautilus med finkan ouppäten och hela köket ostädat och luddorna kvarglömda i farstun, det var ett försök till rekonstruktion av hur Eeva-Lisa blev bortskickad. Han har det i flera varianter. Inte mycket till rekonstruktion, besvärjelse snarare.

"Hur hon blev tagen ifrån mig". Jag noterar det lite högtidliga tonfallet.

Josefina Marklund, som han ständigt besvärjande kallar "min mor", fast han visste att hon var min, hon hade stått längst upp på trappan till övervåningen och ursinnigt talat ner till Eeva-Lisa. Just "ner till", som en bestraffande Gud. Johannes ville nog ge det intrycket. Och längst ner vid trappans fot hade han själv stått, bevittnande.

Lokaliteterna är han alltid noga med. Trappan, uthusen, rummen, nyponhäcken, kallkällan. Nästan varje spik. När han talar om människor ljuger han alltid. Spikar, värmeelement och djur beskriver han däremot med stor sanningslidelse.

Men det är ju alltid en början.

Trappan återkommer ofta. Och sovrummet med brandstegen, som pappa monterade när huset byggdes, och rönnen, som var ett lyckoträd, där det på vintern fanns snö och fåglar. Och vinden där Eeva-Lisa hade sin säng på sommaren.

Vinden var skräpig och längst in fanns en skrubb med gamla tidningar. Det var mest Norra Västerbotten, flera årgångar. När det blev tomt på skithuset bars dom dit. I Norran kunde man också linda in saker, och bära det inlindade. Fisk, till exempel, eller liknande som skulle kastas i sjön.

Toppsockret stod där också. Det stod på ett smörpappersblad, och där låg sockertången.

Det han var mest osäker på har han diarieört, med nummer och allt. Det gjorde honom kanske tryggare.

Eeva-Lisas mor hette alltså, enligt vad han påstår, Backman. Hon "var född i Nyland, utbildad till konsertpianist i Berlin under mellankrigstiden och kanske med vallon- eller tattarblod i sig. Hon fick dock ett tvivelaktigt liv och blev till sist återfunnen av den lokala polismyndigheten då hon, svårt sjuk i Parkinson, blivit uppäten av råttorna i Misiones, norra Argentina."

Det är hans ståndpunkt.

Han beskriver fru Backmans död som något som hände mycket långt borta. Oförmögen att röra sig, uppäten av råttorna. "Och då tändes till sist den första stjärnan på hennes kind."

Det är ju möjligt. Men så förleder en förrädare, som ej önskar avslöja att något sker mycket nära, inte långt borta, i Misiones, norra Argentina.

Om toppsockret skriver han ofta.

Josefina hade tagit in honom och Eeva-Lisa i köket, och de hade placerat sig, knäfallande framför kökssoffan, på var sin sida om Eeva-Lisa. Det skulle bli straffgudstjänst inför den kärleksfulle Guden.

För henne, som syndat.

Det var något helt obetydligt, skriver han, en liten stöld, kanske tjugofem öre. Men man måste ju be att denna syndens smitta inte skulle överföras till den älskade sonen, återfunnen och återupptagen i hemmet, och till skillnad från mig ej utstött. Josefina skulle unisont, alltså med sig själv, be att syndens smitta ej skulle överföras till Johannes, dra ner honom i det syndens svarta svindlande hål som var havsens djupaste mörker.

Han är mycket utförlig om denna djävulsutdrivning.

Efteråt hade de sjungit en sång ur Sions Toner. Eeva-Lisa, som var synderskan, hade sjungit med, men annars varit tystlåten. För blodets skull, Amen.

På kvällen efteråt hade Johannes gått in till henne på vinden.

Det var sommar. Utanför fönstret fanns backen med asparna. De var jättelika, växte som ogräs, darrade som om under marken en vulkan vilade tungt i sin sömn: det var också naturligt, förstod vi som barn. Vulkaner sov alltid. Asparna visste dock att de fanns, de hörde långt bättre än människor. Som kattor snarare.

Han hade gått in till henne på vinden, viskat hennes namn. Hon hade inte svarat. Han hade satt sig på kanten till sängen. Hennes ögon var mörka, de var stadigt fästa på honom. Det var som om hon genom att fixera honom velat få fram ett svar, eller be om något, men ögonen var också vaksamma. "Som om jag varit ett sändebud från Josefina, den kvinna som så hatade henne, och som hon kallade sin mor, men som var hennes dödsfiende."

Det skriver han. På det sättet är alla hans texter i Nautilus bibliotek barmhärtiga besvärjelser. Men jag låter mig inte längre bedragas.

Hennes ögon mörka, hennes hår mörkt, naglarna nedbitna. Jag vet att han älskade henne.

Hon andades omärkligt, men teg. Han räckte då fram handen, höll fram biten med klippsocker mot henne. Hon rörde sig inte, tog inte emot. Han väntade med handen utsträckt.

Därute i sommarnatten rörde sig aspens blad mjukt, inte varnande, men oroliga. Men allt han skriver om är Eeva-Lisas ögon.

Han visste vilken frågan var. Han höll fram sin hand. Nästan omärkligt vände hon bort sitt huvud från honom. Han förde då biten med klippsocker närmare, höll den tätt tätt intill hennes mun. Hennes läppar torra, lite sönderbitna, hon andades ljudlöst. Tätt tätt intill hennes läppar höll han biten med klippsocker.

Då, till sist, såg han hennes läppar stilla skilja sig åt, inte mycket men tillräckligt för att han skulle se: och med den yttersta spetsen av sin tunga rörde hon försiktigt vid klippsockrets vita brottyta.

"Det finns bara tre slags människor: bödlarna, offren och förrädarna.

Bödlarna och offren är ju så lätta att förstå. Förrädarna har det värre. Jag tror ibland att varje människa en gång i sitt liv borde tvingas att vara en förrädare. Då skulle man förstå bättre de allra yttersta uschlingarna. Dem är det svårast för. Men har man varit en sådan, då vet man bättre vad en människa är, och då kan man försvara dem."

III

Sex månader efter att Johannes och jag fötts dog pappa, alltså han som var far till åtminstone en av oss.

Man trodde det var blindtarmen. Men det var något annat, en nedärvd sjukdom som mest bara fanns i byarna i övre Norrland, porfyri. Den ärvdes, det var dödens inre rottråd mellan släkterna. Eftersom sjukdomen var så ovanlig trodde man alltid det var blindtarmen, och gav medicin för det, eller opererade; just därför nästan alltid med dödlig utgång när sjukdomen var porfyri.

Det var han som byggt det gröna huset, och satt upp brandstegen.

En av oss, Johannes eller jag, har den sjukdomens avtryck i oss. Båda ville ha avtrycket. Det var dödens arv, för att vi skulle kunna leva. Det är många som inte vet vem ens far är. Men en mor som inte vet om hennes barn är hennes — det är ovanligt.

Det blev väl lite ovanligt för Johannes och mig också. Så konstigt blir det när man utväxlas. Man har ingenting, utom hoppet att ha ärvt åtminstone en sjukdom, dödens lilla avtryck i livet, så vi skulle kunna överleva. Arvet, det anspråkslösaste, den lilla konstiga sjukdomen, det som hänger en ihop, fast livet försökt åtskilja.

Jag måste tänka mig för. Sedan jag återfann Johannes i undervattensfarkosten har det ju också faktiskt gällt mitt liv.

Händelsen i trappan inträffade i december 1944. Jag råkar veta det, exakt. Det var då Eeva-Lisa blev tagen ifrån honom.

Hon skulle skickas iväg.

Allting som inte gör ont är dokumenterat, från trappans form till pisshinkens placering. Och hur hon skrek ner mot Eeva-Lisa att hon skulle ut.

Men inte varför. Det är ofattbart att han inte ser att

Josefina Marklund är fruktansvärt, ohyggligt, rädd. Otroligt att man kan vara så blind, inte se detta russinansikte hopdraget i skräck.

Man märker att själva tonen, när han beljuger henne, inte är den rätta.

Nu, snart.

Det är väl inte konstigt att vara rädd. Det är ju alla. Då säger man *nu, snart* och hoppas i hemlighet att det en gång ska vara för sent.

Jag har rest långt efter det som hände den gången med Eeva-Lisa, och de sexton dygnen med henne i de döda kattornas grotta. Och det har gått många år, jag har gjort mig ganska illa, gjort andra illa också. När jag tänkte på Johannes och Eeva-Lisa och mig var det länge som en skarp, brinnande smärtpunkt, sandkornet i ett öga, och det tog nästan ett helt liv innan jag förstod att det var den lilla smärtan som talade om att jag levde. Och att jag väl ändå var ett slags människa.

Kastar man bort smärtan var den ju förgäves. Då gjorde den ju bara ont.

Han skickar signaler till mig via sina små slarviga lappar från biblioteket. Jag fann dem överallt i Nautilus.

Jag har samlat ihop.

"Andas fram mitt ansikte."

"Man måste vara tacksam mot sina välgörare, annars måste man känna skam, och skuld."

Skam, och skuld.

Men jag vet ju att han älskade henne. Ocn när det

var för sent hade den första stjärnan redan tänts på hennes kind, och för honom själv återstod endast att för alltid innesluta sig i kapten Nemos bibliotek för att rekonstruera besvärjelserna.

Vi upptäckte de döda kattornas grotta samma dag vi dödade fågelungarna. Det var året före utväxlingen, medan Johannes ännu var min bästa vän.

Vi hade hittat ett fågelbo uppe i skogen, intill den stig som ledde upp till Bensbergets topp. Vi fann boet på höger hand, nerifrån räknat. Femtio meter längre in upptäckte vi sedan grottan med de döda kattorna.

Kattorna, när jag var barn, uppförde sig som elefanter: de drog sig undan när de skulle dö. Om elefanterna visste vi allt, de undanhöll världen sin död, de dolde sin död för livet. Så var det också med kattorna hos oss. Döden var, på detta sätt, två motsatta saker som inte stämde med varandra, eller sa samma sak fast olika. Dels var det viktigt att fotografera de döda i kistan. Likkorten var viktiga. Sedan skulle korten ramas in och sättas på byrån i lillkammarn innanför köket. Där kunde man sedan jämföra sig med de döda, till exempel sin far, och nästan bli iskall om man tyckte det var man själv. Men då var också allt återställt och rätt, och man var en del av liket. Men samtidigt skulle döden vara som en döende elefant. Man drog sig undan livet och dog, fast man levde, men avskild.

Det var många som levde så.

Fågelboet låg nästan uppe vid bergets krön, där älgtornet fanns. Äggen var nyss kläckta, ungarna levde och gapade beständigt. De krävde hela tiden, men vi hade ingenting. Vi tyckte dock att de verkade behändiga, och ville lägga på löv, som en fårskinnsfäll nästan, för nattkylan, så de inte skulle frysa.

De var lite klibbiga att ta på.

Vi återvände två dagar senare. Löven låg kvar, orörda. Vi plockade bort dem. Fågelungarna var döda. De hade inte förstått att vi varit välgörare. Människan hade ett slags dödande lukt, och så blev de efterlämnade.

Vi kunde inte göra någonting. Vi hade mördat fågelungarna. Vi hade fäst dödens mänskliga lukt på dem.

Jag minns att vi var upprörda. Fågelmamman hade helt enkelt efterlämnat dem. Det var året före utväxlingen, medan Johannes ännu var min bästa vän och inte hade flyttat in i det gröna huset.

Samma dag upptäckte vi de döda kattornas grotta.

IV

Jag hade ingen enda bok när jag var barn, men efter utväxlingen fick Johannes tolv stycken, och en av dem gav han till mig. Det var "Den hemlighetsfulla ön."

I hela vår barndom lärde vi oss tolka ledtrådar, och ge signaler. "Den hemlighetsfulla ön" var en signal. Det gällde bara att tolka den. Det tog nästan ett helt liv, men till sist kunde jag.

Det viktiga var Välgörarens dödsläger. Välgöraren, som kallade sig kapten Nemo, hade sitt sista läger i Franklinvulkanens mitt. Han hade tid med nybyggarna på ön, de halvblinda, nedstörtade, de som nästan inte trodde de var människor. Människosonen var en förebild, men hade aldrig tid. Välgöraren kunde man lita på.

Allting hade varit så enkelt, om jag förstått från början. Johannes skulle vänta på mig i Nautilus bibliotek. Kapten Nemo skulle vägleda mig. Och där skulle jag äntligen kunna lägga samman, öppna vattentankarna, och ro ut.

Historien handlar om Johannes och Eeva-Lisa och mig och Alfild och mamma i det gröna huset. Men den förstod jag först när jag återfunnit Johannes i kapten Nemos bibliotek.

Det gick till så här.

Franklinön låg utanför Nylands kust.

Kapten Nemo hade lämnat anvisningarna. Jag skulle bara följa den tunna metalledningen, in genom den halvt nedrasade tunnel som ledde till vulkankratern.

Det stod i boken. Det var enkelt.

Den tunna ledningen försvann i vattnet. Jag förankrade båten intill klippan, den hackade mot berget i havet, som en fågelnäbb, men ej ens en sekund av evigheten hade förflutit om jag också stannat där för alltid. Så var det att vara människa i förhållande till Gud: Gud var den fasansfulla evigheten, men människans uppgift var att förinta evighetens berg med sin fågelnäbb, för att nå in till Välgöraren. Det var så jag förstått att det hängde samman, när jag var barn.

Något hårt och jättelikt som var Gud, och som kallade sig evigheten. Och något litet och envist som var människan, med en fågelnäbb, och som en gång skulle förinta Gud, som var det svarta berget i havet. Det var otroligt, nästan inte möjligt. Men man måste ju försöka. Och undra på att en människouschling behövde hjälp och vägledning av en välgörare i denna hopplösa kamp mot Gud.

Högvattnet täckte tunnelns mynning. Jag måste vänta. Tidvattnet skulle då sjunka undan, och mynningens ingång skulle bli fri.

Jag satt under ett klipputsprång. Regn föll, en storm kom och gick, det blev tyst, jag såg hur vattnet sjönk. Jag tänkte på att jag snart skulle få det förklarat. Man kan inte förklara kärlek. Men kan man förinta det berg i havet som är Gud, och detta gör en till människa, varför skulle man då inte kunna förklara kärleken?

Jag satte mig i båten igen, och började ro in mot vulkankraterns mitt.

Grottan vidgade sig långsamt. Till sist kunde jag se den i sin helhet.

Grottans tak hade ett valv vars höjd var omkring trettio meter. Det var en gigantisk grotta, en väldig underjordisk katedral med blåvitt skimrande tak och med mjukt insmygande rödvita toner, den höjde sig i en väldig båge över den sjö som täckte grottans golv: som att gå in i det inre av en människa.

I människans buk, det var där jag befann mig. Som i mitt eget innersta: jag betraktade den allra enklaste hemligheten i gåtan inifrån, där den alltid befunnit sig, men där man aldrig kunnat vänta sig den.

Grottans tak tycktes buret av pelare, tiotals eller kanske hundratals nästan identiska pelare som naturen själv hade skapat: kanske redan när jorden blev till. Jag tyckte om att tänka mig att jorden hade blivit till med ett enda handgrepp, skapad plötsligt, som i en akt av kärlek.

Dessa basaltpelare stod med sina fötter i den blanka, orörliga vattenytan, nedsänkta i det svarta kvicksilverliknande vattnet; ja, så tycktes mig detta vatten, som blankt svart kvicksilver som inte fann sig i att stå i förbindelse med havet runt om ön, utan hade valt att vara stilla, och inte påverkas av livets stormar. Här inne var det så stilla. Så ville denna kvicksilverarm ha sin stillhet.

En arm av svart vatten reste sig genom vulkanens inre, en svart jättearm som höjde sig här, i livets mitt.

I livets mitt.

Jag lät båten långsamt glida fram, och stanna. Och där, i mitten, såg jag sedan farkosten.

Det kom ljus från farkostens däck, det var två ljuskällor, kanske två strålkastare. Ljusarmarna var först mycket samlade och koncentrerade, och starka, men spred sig sedan något. Ljuset studsade mot grottans väggar, förvandlade stenformationerna till kristaller; reflexerna var otaliga men lämnade grottans tak obelyst. Vattnet svart kvicksilver. Där flöt jag stilla, med farkosten hundra meter bort. Och så ljusets reflexer, stjärnorna där uppe, trettio meter upp.

Det var som sena vinterkvällar då jag var barn. Det var den tid när norrsken ännu brann. Det var innan norrskenet tagits från oss, och medan stjärnorna ännu var tunna och varma och stickande. Man kunde stanna i snön och se upp mot ljussignalerna där uppe: det var en värld befolkad av stjärnornas svarta hål och trådar som var fästa i dem. Johannes hade, innan han blev förrädare, sagt att detta var himlaharpan. Musiken kunde höras vinternätter när det var kallt, då sjöng det i den hemlighetsfulla värld som han och jag skapat åt oss: fylld av stjärnor och trådar och musik och hemliga signaler. Allt tjänade till att utvisa de hemliga vägar som ledde till Franklingrottans inre, där vår välgörare ännu dolde sig men till sist skulle visa oss vägen, och få allt att gå ihop, allting att hänga samman, allting att äntligen hänga samman. Det var en värld av hemlighetsfulla tecken som anförtrotts oss, och ingen var efterlämnad.

Och nu visste jag att han fanns här. Under de konstgjorda stjärnor som strålkastarna skapade. Hit hade han dragit sig tillbaka. Hit hade han dragit mig, som han en gång lovat att göra.

De två ljuskällorna befann sig på en kabellängds avstånd. Jag började ro.

Jag vände mig om och betraktade farkosten, som jag nu kunde se mycket tydligt.

Mitt i vulkangrottan, buren av den jättelika svarta kvicksilverarmen, flöt ett mycket långt, spolformat föremål. Det var omkring 90 meter långt, och stack upp 3 till 4 meter ovan vattenytan. Jag kunde inte säkert fastställa farkostens fysiska beskaffenhet, men materialet var inte trä, snarare metall av något slag, aluminium eller svart stål.

Min båt gled långsamt fram mot farkosten. Jag kände väl igen den. Det var ett fartyg, och liknade så exakt illustrationerna i den bok jag fått av Johannes att det måste vara just den jag sett, och han drömt om.

Jag gled in mot fartygets vänstra sida. Allting var förberett på det riktiga sättet. Fartygets sida var av svart metall. Jag gjorde fast min båt, och klättrade upp. En lucka stod öppen, väntande, mitt på däcket.

Jag påbörjade så nedstigningen i undervattensbåtens inre.

Först hade han inga böcker alls. Sedan började han läsa böckerna i Sehlstedts låda, där Blåbandsbibliotekets böcker fanns. När de fann att han tyckte om att läsa fick han den första boken. Sedan fick han, fram till händelsen i vedboden med Eeva-Lisa, sammanlagt tolv böcker.

Att han gav mig en av de tolv — "Den hemlighetsfulla ön" av Jules Verne — var alltså ingen tillfällighet. Han hade kunnat ge mig "Grottmysteriet" (om äventyr i Baskien med pelota och med en grotta som var djupare än kattornas) eller Kiplings "Kim", som jag läste så många gånger att jag till sist inte förstod den, bara visste att en gång också jag skulle bli nedsänkt i insiktens flod, om jag väntade tillräckligt länge. Eller Mia Hallesbys "Trehundra berättelser för barn". Den innehöll historien om det svarta jättelika berget i havet, dit en fågel kom flygande en gång vart tusende år för att vässa sin näbb. Och när det en mil långa, en mil breda och en mil höga berget var nednött fullständigt, då hade en sekund av evigheten förrunnit. Det var drömmen om människans kamp mot Gud. Men den var hemsk.

Vissa nätter kunde jag inte sova, eftersom denna

ofantliga evighet fyllde mig med en sådan skräck. Ja, kanske var det så att hans mycket lilla bibliotek på tolv böcker i själva verket formade min värld, att sagorna, bilderna och skräckföreställningarna redan fastlades där, och skulle förbli oförändrade. Men jag var länge helt säker på hur det skulle sluta: med att jag skulle föras in i det slutgiltiga biblioteket, där myterna skulle ersättas av klarhet, ångesten av förklaring, och där allting till sist skulle bringas att hänga samman.

Han hade först länge tänkt på "Robinson Kruse", berättade han sedan, den bok som han arbetat med i många år ("arbetat" var hans favoritord när något upptog hans föreställningar) och där jag sett honom skriva av de ändlösa bärgningslistorna från det strandade fartyget otaliga gånger; skriva av och utvidga, som om dessa listor ("fyra flintlåsgevär, en tunna krut, åtta pund torkat getkött, fem yxor, fem handyxor") varit besvärjelser, lugnande ritualer, och föremål han likt den ensamme på ön kunnat föra i säkerhet i sin grotta, och därmed känna sig trygg för världen.

Men han gav mig en annan bok.

Det blev "Den hemlighetsfulla ön", där han streckat för själva slutet, som innehöll upptäckten av Välgöraren i sitt bibliotek, innesluten i farkosten.

Det var därför jag fann honom.

Inom parentes: det är inte sant att jag en gång älskat Eeva-Lisa.

Det är inte sant. Det vore i så fall en mycket konstig kärlek. Och inför en sådan måste man ju känna skam, och skuld.

Jag klättrade ner i schaktet, och stängde omsorgsfullt luckan efter mig, som om jag velat göra mig klar för avresa, fastän jag ju visste bättre.

Under trappan sträckte sig en lång, smal gång. Den var elektriskt upplyst, och vid gångens slut fanns en dörr. Jag gick fram till den. Jag öppnade den.

Jag befann mig i en väldig salong. Ett museum, så omfattande och väldigt att jag inte ens när jag var barn, talade som ett barn och hade ett barns drömmar, kunde föreställa mig något sådant. I detta museum tycktes alla mineralrikets skatter samlade. Men också vissa av skatterna från det strandade skeppet, de som upptecknats i bärgningslistorna, fanns här. Han hade uppfört alla föremålen på sina bärgningslistor, de som han skrivit av och de som han gjort utförligare; och så noggrant hade han antecknat allt att det nu kunde återfinnas i detta hans sista museum.

Jag kände ju Johannes så väl. Här i museet hade han till slut lyckats föra samman allting, i verkligheten: kruttunnorna, det torkade renköttet, salttunnorna, melassen, flintlåsgevären, de fem handyxorna. Allting var som det skulle. Det var upphängt i detta museum.

Jag betraktade länge och utan förvåning de välbekanta föremålen. Jag gick över golvet mot väggen där yxorna var upphängda. Jag erinrade mig ordet ''prövande'', och strök med fingret prövande över en yxas egg. Jag tänkte en stund på de döda kattornas grotta, och log ett prövande men sorgset småleende.

Jag öppnade så dörren, och gick in. Och där var biblioteket.

Han låg på en divan och sov, och han hade inte hört mig komma. Jag kände igen divanen. Det var kökssoffan.

Kapten Nemo hade fört mig rätt. Det var Johannes jag återfunnit.

Jag gick fram till honom. Han låg sovande i sitt bibliotek, och han hade väntat på mig länge. Han sov lätt, som en fågel, med läpparna lätt åtskilda, en lätt, ljudlös, barnslig sömn. Det var som om han log, och varje andetag var som en fågels. Jag mindes hur jag sett Johannes den gång jag försökte återvända till huset efter det att vi blivit utbytta: han hade blivit instängd i farstun. Han stod på andra sidan glasrutan och fick ej tala med mig, och han skrapade med sin nagel mot fönsterrutan som om han velat sätta ett osynligt märke i den. Och jag hade tyckt att han var som en fågel där bakom rutan, en fågel som rörde vid den med sina vingspetsar: för så ohörbara hade hans häftiga andetag då varit, och så otydlig hans gråt, att jag endast kunde höra ljudet av hans nagel mot rutan, som en fågels vingspetsar mot det fönster som utestängde den från den frihet som jag plötsligt förstod var jag själv.

Nu sov han. Han såg behändig ut. Jag hade aldrig väntat mig att denne förrädare kunde se så behändig ut. Men så gammal han blivit. Lika gammal som jag. Hur gammal hade jag då själv blivit.

— Johannes, sa jag lågt. Johannes, det är jag. Jag är här nu.

Hans andetag ändrade då karaktär: han steg ur drömmen, öppnade sina ögon.

Så gammal han blivit. Vi betraktade varandra under tystnad. Han sa ingenting. Än en gång sa jag:
— Johannes?
Jag trodde kanske att han inte hört mig den första gången. Men det hade han nog.
Han var gammal nu. Han såg ganska behändig ut. Runt omkring sig hade han sitt bibliotek. Det var inte längre tolv böcker, som den gång han gett mig en av dem. Det var hundratals, kanske tusentals böcker. Jag visste med ens att han skrivit dem alla. Han hade inneslutit sig, som han en gång lovat när vi var unga, i sitt bibliotek.
Och han vände sig om och log som behändigt och sa:
— Namen jer du hääm och hälsoppå.

Farkosten var en undervattensbåt. Den hette Nautilus. Så hade vi gemensamt planerat det.
Vi hade då haft en dröm att allting till slut skulle likna kapten Nemos sista nedsjunkande. Han skulle dö innesluten i vulkankratern. Undervattensbåtens vattenkranar skulle långsamt och högtidligt öppnas av mig, och jag skulle, som den siste besökaren, lämna farkosten. Vattentankarna skulle fyllas. Och nedsjunkandet börja. Endast det hermetiskt tillsvetsade biblioteket, där alla dörrar skulle vara tillstängda, biblioteket med allt det förlorade, med slutrapporterna och försvarstalen, det skulle bestå. Och medan strålkastarna ännu var tända skulle undervattensbåten, vars namn var Nautilus, långsamt sjunka i vulkanens vattenfyllda krater. Där skulle han, också sedan den sista skymten av strålkastarnas ljus försvunnit, leva kvar i det innersta barm-

härtiga mörkret. Där skulle hans kista, den fantastiska undervattensbåten, omge honom, han skulle vara död men leva, utan luft och utan föda och utan smärta, i evigheters evigheter.

Så hade vi föreställt oss det den gången, så hade vi planerat det: att kunna leva utan smärta, för alltid djupt nere i kapten Nemos bibliotek.

Vi behövde inte säga någonting särskilt alls, utan var tysta.

En timme senare föll han åter i sömn. Jag förstod att han var sjuk, och snart skulle dö.

Det blev morgon.

Jag såg detta, dock icke genom att ljus trängde in genom de cirkelrunda fönstren. Intet ljus trängde ju in i grottan. Nej, jag observerade hans klocka, den som en gång hängt i köket, och som hans far köpt innan han dog. Klockan hade en visare som rörde sig mycket långsamt, så att ett varv utvisade inte tolv timmar, utan tjugofyra. Dagens mitt, klockan tolv, befann sig alltså längst ner på urtavlan, och morgonen fanns rakt ut på tavlans högra sida.

Jag betraktade uret utan förvåning, eftersom jag sett det som barn.

Jag gick, vid pass åttatiden på morgonen, in i det inre rummet.

Det var ett kök, vars spis var en skickligt infogad järnspis omgiven av sinnrikt dekorerade marmorplattor av förmodligen indiskt ursprung. Järnspisen var av god kvalité, och med ringar som kunde borttagas med spiskrokens hjälp. På ena sidan fanns en kopparlavoar, med vatten, för att hålla luftfuktigheten på rätt nivå. Man kunde tappa lavoaren med hjälp av en liten kran på framsidan.

Spisen eldades med ved. Elden hade slocknat.

Han hade ställt en panna på spisen. Den var till hälften full med mat. Jag gick fram till spisen och betraktade stekpannans innehåll. Det var välbekant. Det var finka. Finka var hårt tunnbröd av ganska kraftig konsistens, man bröt det i små tumslånga bitar och stekte upp det i smält smör, och med vid pass en kvarts liter mjölk islaget. Han hade, det visste jag, alltid tyckt mycket om finka, som han åt med en sillbit, ofta, i annat fall endast med en klick smör till.

Jag tog stekpannan, och hällde upp resterna av finkan på en djuptallrik. Sedan åt jag finkan, dock utan att värma den. Det var lika gott ändå. Till detta tog jag ett glas svagdricka.

Sedan gick jag tillbaka.

Jag kommer ihåg att vi båda tyckte mycket om finka.

Han sov nu djupare.

Jag la handen på hans panna, den var svettig. Han vred sig oroligt i sömnen, men vaknade inte.

Jag såg mig om i biblioteket. Här skulle jag stanna en tid, det visste jag.

På golvet låg den allra sista texten han arbetat med. Jag läste den. Det var bara några rader.

"Jag ser ännu huset framför mig med sin rätt höga trappa som ledde till vägen ner till spånhyveln. Nedanför lägdorna löpte en bäck, över vilken gick en väg. Intill denna lilla bro fanns en brygga. Jag var denna gång, som jag minns, omkring tre eller fyra år gammal. Jag låg på alla fyra på denna brygga, och grävde med en pinne i leran där de svarta blodiglarna fanns, och jag minns att jag då för första gången väcktes till insikt om mitt eget liv. Jag minns tydligt hur jag plötsligt såg upp, skamset torkade mina fingrar, och hur jag tänkte: Om någon såg dig här . . . då . . . då vore det en skam för dig. Så låg jag ofta på min brygga, såg ner i vattnet, såg de svarta blodiglarna, som kanske var hästiglar, simma upp mot mig med långa slingrande rörelser, vända, och återvända ner till dyn. Jag förstod inte vad de sökte nere i dyn, jag antog att de genom sina långa simturer önskade att bli tvättade. Och för att hjälpa dem så gott jag kunde lyfte jag så dessa blodiglar, som jag senare lärde var hästiglar, upp ur dyn där de hoprullade klamrade sig fast vid sin svarta lerbädd, lyfte dem upp på bryggan. Dessa varelser från bäcken tvättade jag sedan så försiktigt, så kärleksfullt, att de till sist blev fullständigt . . . rena."

Han tycks där ha gjort en paus, strukit över de sista raderna, som vid närmare eftertanke, och sedan återgått till en helt annan händelse, uppenbarligen daterad till ett långt senare tillfälle.

Denna passus lyder, i sin helhet, så här — den beskriver händelsen i trappan:

"På väg upp till vinden blev vi hejdade av min mor.
Eeva-Lisa hade hunnit ungefär ett tiotal trappsteg upp, kanske mindre, och själv stod jag längst ner, hade

inte ens satt min fot på det nedersta trappsteget ännu. Just då började min mor tala, och därför blev vi alla tre stående på samma ställe, också i fortsättningen.

Jag kunde se min mors ansikte helt tydligt. Hon hade kommit ut ur sovrummet med ett strängt, närmast frånvarande ansiktsuttryck som sedan, medan hon talade eller snarare skrek med allt högre röst, kom att förändras, långsamt och helt oförklarligt. Det var som om en våg av länge uppdämt ursinne plötsligt slet sönder hennes ansiktsdrag, nästan omänskliggjorde hennes ansikte, så att de vanligtvis så stränga, regelbundna dragen (och i vissa fall så milda och nästan vackra) nu drog sig samman, som i okontrollerad kramp, nästan i smärta.

Hon började säga ord, som jag först förstod, sedan inte ville förstå. Den mening man först kunde urskilja i orden, det långa sammanhang av rättvisa och träffande anklagelser som jag delvis förut hört, och förstått, de övergick nu i anklagelser som jag inte förstod, och bara uttrycket av en oerhörd vrede bestod. Eller hat. Ja plötsligt insåg jag till min förfäran att det var hat hon kände, men inte det vanliga hat man kunde förstå, utan något annorlunda. Och hon skrek i hat och vrede att nu skulle Eeva-Lisa bort, för alltid, allting hade varit ett misstag och nu skulle hon ut ur detta hus.

Det var då, jag medger det, som jag började skrika."

Överstruket, men lätt läsbart, står sedan:

"Jag skriver *medger*, eftersom jag klart kan minnas den skam jag kände för att jag skrek. Och jag medger *med skam*, eftersom jag också just i detta ögonblick i min mors ansikte såg något jag aldrig kan glömma: den oerhörda ensamheten i detta ansikte, och att hon var rädd.

Jag hade aldrig kunnat tro att hon var rädd. Hon hade aldrig någonsin varit rädd förut. Och medan jag skrek i förtvivlan och skräck förstod jag, alltmer klart, och det skulle sätta punkt för en fas i mitt liv och slunga in mig i en ny, att i detta ögonblick skulle både Eeva-Lisa och min mor tas ifrån mig, på samma sätt som allting tagits från mig en gång tidigare när jag byttes ut, och Eeva-Lisa och min mor skulle lämna mig kvar, som ett tomt snäckskal, och ingenting skulle nånsin kunna ge mig dem åter. Och jag skulle senare förstå att detta var den punkt i mitt liv som gång på gång skulle upprepas, övergivandets och fråntagandets punkt.

Hon hade sagt det ner till Eeva-Lisa och mig. Då började jag skrika. Och plötsligt hade Josefina förstått att också hon själv, från detta ögonblick, skulle bli mycket ensam.

Aldrig, aldrig skulle jag kunna befria mig från detta ögonblick. Hur länge jag än levde skulle jag veta att det var i detta ögonblick döden besökte mig, klockans visare pekade på 24 men hade stannat. Detta var hur Eeva-Lisa lämnade mig, men också hur min mor till sist blev övergiven. Jag såg hennes ansikte då hon vände sig mot mig. Och efteråt har jag tänkt: Så egendomligt, att en mäktig och straffande Gud kan känna skräck för att bli övergiven.

Fast den gången var det mest Eeva-Lisa jag tänkte på. Jag borde ha tänkt på min mor. Hennes ansikte blev som fågelboets; när man lyfter löv som övertäcker ett bo, finner de döda fågelungarna, i plötslig död och ensamhet.

Så var det när de blev tagna ifrån mig."

Jag måste ha läst många timmar. Somnade, på en säng i rummet intill Nautilus bibliotek.

Rummet var, till skillnad från museirummet och biblioteket, mycket stökigt, nästan inte inrett. Jag igenkände den halvt igenspikade skrubben i ena hörnet, där de gamla tidningarna förvarades, de gamla numren av lokaltidningen Norra Västerbotten.

Jag hade legat på en gammal fårskinnsfäll som jag dragit över mig. Jag fick för mig att det var samma fäll som legat över farmor när hon dog, men bortstötte denna tanke eftersom denna fäll inte gärna kunde befinna sig här, i undervattensbåten Nautilus inre: den hade ju getts till Nicanor Markström från Oppstoppet.

Jag gick in i biblioteket.

Klockan på väggen, den som utvisade tjugofyra timmar, inte tolv, tycktes ha gått något varv, men jag kunde nu inte längre veta om det var morgon eller kväll. Det gjorde inte något. Denna exakthet, som jag förut eftersträvade, hade gjort mig till urets fånge. Nu var jag fri, nu var jag endast bibliotekets, och Johannes, fånge.

På detta sätt hade jag till sist infångats av mig själv.

Jag gick fram till honom. Han blundade. Hans panna var våt, han stönade svagt, och jag förstod att han hade smärtor i sin sömn.

Munnen till hälften öppen. Den ena handen rörde sig som i kramp. Jag försökte lossa hans fingrar, för att han inte skulle göra sig illa, men han tycktes ännu vara mycket stark.

Han var sjuk, och hade ont. Jag förstod att han skulle dö mycket snart.

Han hade ofta skrivit om smärtpunkterna, i sina meddelanden till mig. Det han nu upplevde var de fysiska smärtpunkterna: med dem kunde man leva eller dö, men utan egentlig smärta. De inre smärtpunkterna hade han katalogiserat här i sitt bibliotek; här, i sitt snart i vulkanens inre nedsänkta bibliotek.

Jag hämtade en filt och täckte över honom. Han rörde sig efterhand allt lugnare, låg till sist alldeles stilla som om smärtan för en tid hade lämnat honom. Handen föll ut, krampen släppte sitt grepp.

Jag borde egentligen ha påbörjat mitt arbete med biblioteket, men kom mig inte för. Jag satt bara och såg på honom.

Snart skulle Johannes dö. Till sist.

Jag måste ha somnat i min stol.

Vaknade, läste några timmar. Han stönade ånyo. Jag försökte ge honom vatten, men han ville inte dricka.

Han hade alltid sett behändig ut. Det ordet sa man om honom när han var barn. Men så gammal han blivit.

Jag tror han kände igen mig. Han hade ju frågat om det var jag. Om jag kommit hem för att hälsa på.

Och då måste det väl vara jag som kommit hem.

Jag kom ihåg solklockan på golvet till de döda kattornas grotta.

Kapten Nemo hade tagit hand om köksklockan från det gröna huset, och förvarade den nu här, i undervattensbåten.

Klockan på väggen rörde sig, nej inte klockan men visarna, så jag antar att tiden gick. Varje gång visarna stod rakt upp var det natt. Då härmade klockan ett ögonblick som varit, ett dygn innan; det kunde lika gärna vara nu. Klockan hade ju inget minne, den kunde inte minnas de tjugofyra timmarna, bara den sekund som var nu.

Egentligen var denna evighetens korta sekund ju alldeles värdelös. Den hade inget minne. Men det hade jag, och Johannes, och vårt bibliotek.

Ibland kunde jag känna en svag darrning genom Nautilus skrov, som om vulkanen vänt sig i sin sömn djupt där nere, och somnat om igen.

Jag undrar om vulkaner kan känna smärta i sin sömn, ögonblicket innan de ska vakna och dö.

"De döda kattornas grotta", hade han skrivit i marginalen på en sida.

Som en liten bön till mig.

V
Nu, snart.

I. INKRÄKTARNA
   I DET GRÖNA HUSET

1. Nybyggarnas ankomst

> Eeva-Lisa, stora syster
> fick ett oäkt barn vid elvatin.
> Rädd för mamma, rädd för fisken
> rädd för Gud och Kristi svåra pin.
>
> Skämdes mycket, drog sig undan
> gick i mörkret upp mot uthusbon.
> Det var låst där, ingen nyckel.
> Värken högg och stängd var himlabron.

1

Jag ägde rätten att bo i det gröna huset på grund av ett misstag gjort på sjukhuset i Bureå i september 1934, den dag Johannes och jag föddes.

Sedan rättades misstaget till. Då blev jag utlämnad genom ett korrekt rättsligt förfarande, och rätten att bo i det gröna huset fråntogs mig. Den blev i stället tilldelad Johannes Marklund.

Senare blev Eeva-Lisa tilldelad honom, som ersättare för mig. På grund av hans förräderi blev hon fråntagen honom, och dessutom fråntagen mig. Johannes övertog rätten till det gröna huset, blev förrädare och fråntogs henne, och också rätten till huset. Tre år senare brann huset. Det är hela historien i kort sammandrag.

"Dödens pulsslag", skrev Johannes på en lapp till mig.

Jag trodde först han talade om en annalkande fysisk död. Men han menade något helt annat, tror jag nu.

Han menade: hur jag borde förstå att ingenting var ohjälpligt, inte ens döden, och att det var möjligt att som Eeva-Lisa återuppstå också i detta jordelivet, just genom att man inte längre bara fortsatte att leva, som död.

Vaknade 3.45, drömmen om de döda kattornas grotta fortfarande alldeles levande. Strök ofrivilligt fingret mot ansiktet, mot kindens hud.

Hade varit mycket nära svaret.

Därute över vattnet hängde en egendomlig morgondimma: mörkret hade lyft, men kvar fanns ännu ett svävande grått täcke, inte vitt, utan med ett slags mörkrets återsken; det svävade kanske tio meter över vattenytan som var absolut blank och stilla, som kvicksilver. Fåglarna sov, inborrade i sina drömmar. Jag kunde föreställa mig att jag befann mig på en yttersta strand, och framför mig ingenting.

En yttersta gräns. Och så fåglarna, inborrade i sina drömmar.

Plötsligt en rörelse: en fågel som lyfte. Jag kunde inte höra ett ljud, såg bara hur den piskade med vingspetsarna mot ytan, kom fri, lyfte snett uppåt: och det skedde plötsligt, och så lätt, så tyngdlöst. Jag såg hur den lyfte och steg upp mot dimmans grå tak, och försvann. Och inte ett ljud hade jag hört.

Så hade hon säkert dött. Inte som ljudet av sniglar när de krossas under mina fötter. Utan lätt, som när en fågel lyfter och stiger och plötsligt är borta. Och man alldeles säkert vet att den åter ska sjunka genom dimman, ner mot vattnet, och återvända, på något sätt, men helt säkert.

2

Redan den andra dagen blev Eeva-Lisa, vid frukostgröten, tillsagd att kalla Josefina för mamma.

Hon lydde genast. Jag var då sedan ett år förvisad från huset.

Länge trodde jag det bara fanns en enda sann versrad i den ballad som han gömde i biblioteket, men som jag återfann: "Rädd för mamma, rädd för fisken".

Fisken var ju lätt att förstå, för mig. Men mamma?

Det var mycket tal om uthusen i hans försvarstal. Mycket lite tal om mamma. Han flyttade om uthusen, för att göra mig rädd, men beskriver dem mycket noga för att lugna mig.

Jag är lugn. Men det hjälper ju sällan att bara vara lugn.

Dock: det var typiskt för honom att försöka närma sig genom att skriva vers.

Han försökte väl göra mig vänligt stämd. Verser, alltså dikter, var ju synd, nästan dödssynd. Det var syndigt att skriva verser, om de inte var psalmer. Alltså kunde man ju skriva nästan vad som helst i en vers. De var därför nödvändiga, men rätt onödiga. Och man behövde ju inte tillmäta dem någon sanning.

Myten om notesblocket upprepar han ständigt. Alltså: att pappa hade haft ett notesblock där han skrivit ner verser. Alltså poesi. Han skulle ha skrivit ner dem när han kom hem från skogen, på kvällarna. Eller på söndagen, vilket var mindre troligt, i varje fall mer synd. Att skriva vers på en söndag måste vara en dubbel synd, utom på långfredagen, då det var en dödssynd.

Josefina hade sagt till honom att hon bränt notesblocket. Han skulle inte behöva uppvisa det inför Skaparen på den yttersta dagen.

Men varken hon eller Johannes visste ju att kapten Nemo en natt kommit till mig, och Eeva-Lisa, i de döda kattornas grotta, och gett mig notesblocket med verserna.

Jag återkommer till utlämningen. Nu ska jag först berätta hur det gick till när Eeva-Lisa anlände till min bästa vän Johannes, den segrande erövraren, den allmänt omtyckte, han som senare skulle förråda Eeva-Lisa.

Det blev problem med Johannes efter utlämningen den 4 december 1940.

Han hade verkat lite nervös sedan han blivit ditlyft av polisen, och jag bortlyft. Å andra sidan var han ju väl omhändertagen. Men ändå, förklarade Josefina, var han en smula nervös. Ingen frågade sig om det var hon själv som blivit nervös. Det var Johannes. Kyrkoherden hade också ömkat sig. Det blev därför bestämt att han skulle få en fostersyster. Man kunde ju ha föreställt sig en fosterbror, till exempel mig, men rättvisan skulle ju ha sin gång och Sven Hedman, som förlorat Johannes genom domstolsutslaget och fått nöja sig med mig, blev tyst till sinnes bara någon började tänka så. Och så ankom fostersystern.

Jag beskriver det fullständigt utan bitterhet.

Vid ankomsten hade Johannes suttit i fönstret i köket, där jag förr suttit, och tittat ut över backen. Det var i september 1941. Björkarna hade ännu kvarhängande gula löv, men det hade snöat på natten; och det var som om nu snön vilade på de gula löven, rörde vid dem, lätt som dödens kyss. Det var det alldeles normala, mycket korta, ögonblicket som alltid gjorde lite ont: när hösten var som vackrast, och hotfullast. Dagen efter skulle snön vara borta, och när snön försvann var löven också borta. Men just den dan hängde färgerna och löven och snön ihop; död och gula blad och snö.

Det var egentligen bara några timmar det varade. Inte mycket till tid, en sekund av ett liv nästan. Men medan man glömde allt det tidigare, vackra, och senare, vita, så var det här lätt att komma ihåg, för alltid.

Eeva-Lisa kom från bussen, som stannat, och släppt av. Chauffören, det var Marklin, hade släppt av henne. Och hon gick upp mot det gröna huset.

Hon hade en kappsäck med sig.

Det var en stor sak att ha egen kappsäck. Alla i byn hade ju ryggsäck, det var det vanliga, men kappsäck hade i stort sett bara kyrkoherdens fru, som bodde i Bureå, hon ansågs vara ett finfjås och ingenting kyrkoherden egentligen hade behövt släpa på. Ingen hade nog sett kyrkoherdefruns kappsäck, men så sades det allmänt.

Det var så man såg på kappsäckar. Eeva-Lisa kom med kappsäck, men flera år senare, när det där hänt, brydde sig ingen egentligen om att nämna det. Det var, menade alla, rätt onödigt att divla om.

Men kappsäcken var nog fel. Det var mycket som blev fel med Eeva-Lisa redan från början.

Först att socknen betalade för henne. Inte mycket, i

själva verket nästan ingenting alls, det var Josefina noga med att poängtera. I stort sett skulle det bara ha räckt till finka, om man såg det så, men i alla fall. Sedan att hon haft en otuktig mor, som man inte tyckte det var värt att prata om närmare, men som dessutom sades ha varit pianissa, alltså en som spelade på piano. Inte orgel. Sedan att hon haft en far som var bortflugen, till Sydamerika. Det kunde ha varit hennes morfar också. Ingen var riktigt säker.

Sedan var alla mycket noga med att inte säga att hon hade tattarblod i ådrorna. För om detta kunde man ju bara spekulera.

Men kappsäck hade hon haft med sig. Det var lite för fint. I och för sig var det ju helt naturligt, något som många i byn inte tyckte det var något att uppehålla sig vid. Men helt fastställt var ju att hon medfört en kappsäck när hon kom.

Johannes hade suttit i köksfönstret när hon kom. Hon hade kappsäck i handen. Den kånkade hon på. Det hade fallit snö på natten, fast löven var kvar. När hon var nästan framme hade han satt sig ner på soffan, så hon inte skulle se att han tittat. Det var onödigt att verka nyfiken.

Det var mycket som var onödigt i byn. Det man tyckte illa om, nästan det mesta, var onödigt. I stort sett allting som var, ja vad ska man säga, som var eljest. Onödigt var det i alla fall.

Ett slags lag som sa: nej. Det var en mycket kort lag. Men ganska viktig.

3
Färgerna var också viktiga.
Bönhuset intill var gult, men huset var grönt. När hon kom upp mot det gröna huset, som låg i höjd med det gula, satte Johannes sig på soffan så hon inte skulle se. Där satt han medan hon kom in, och sedan han hälsat.
Det var först påföljande dag hon blev tillsagd att säga mamma.
Han hade varit nervös ända sedan han hört nyheten att hon skulle komma. Han hade tänkt på det så intensivt att de två timmarna förra söndagen när James Lindgren, det uttalades som det stod, hade läst ur Rosenius, att de timmarna hade gått som en dans. James Lindgren läste med ganska entonig röst ur Rosenius, tills barnen inte orkade längre. Då satte han punkt med en bön, som avslutades med "För blodets skull, Amen". Det hade inget med slakt att göra, det visste man ju.
Det fanns barn som orkade höra James Lindgren, det uttalades som det stod, läsa i tre timmar; de betraktades som predikantämnen på grund av sin seghet. James Lindgren var allmänt respekterad, men hade malande röst och bytte snus varje halvtimme, också under Rosenius. Söndan innan Eeva-Lisa kom, men sedan han fått veta att hon skulle, hade bönhustimmarna gått som en dans, så han var helt klart nervös.
Altartavlan i bönhuset föreställde Jesus som älskar alla barnen, och hade ett hack i ramen. Bönhuset var gult. Det gröna huset måste ha varit mycket vackert när hon kom, mot den nyfallna snön och de gula löven.
Jag skriver om det utan bitterhet.

Att vårt hus var grönmålat tyckte vi alla var lite märkligt, eftersom de flesta hus, av naturliga skäl, var röda. Men de flesta i byn tyckte ändå att man inte fick ta det så allvarligt, och sa ingenting, i varje fall inte till Johannes och mig. Vi var ju ganska små, förresten, man fick hålla tand för tunga. Små grytor, och så vidare. Hur man än räknade det, om det var Johannes eller jag som hade rätt att bo i det gröna huset, så hade vi ju många släktingar i byn. Eftersom pappa målat huset grönt, och sedan dött, fick man ju ta hänsyn till den avlidne. Man sa därför inte mycket om färgen.

Huset låg ungefär ettusenetthundra kilometer norr om Stockholm, och på höger hand, om man kom från Nordmarks, eller på vänster, om man kom från Koppra. Det var grönt.

Huset låg uppe i skogskanten.

Det var i två våningar, varav den övre våningen var inredd till hälften. På den ena kortsidan, den med sovrumsfönstret som vette ner mot bäcken och dalen med sjön och Hjoggböleträsket med Ryssholmen, på den ena kortsidan stod en rönn.

Det var ett lyckoträd.

Farstubron var på långsidan, den som vette mot det gula bönhuset, som också låg på vänster sida om man kom från Koppra, men på höger från Stockholmshållet. En som jag inte minns namnet på från Västra hade varit i Stockholm, och förresten, predikantskolan Johannelund låg ju där, så det var ingenting att divla om. På långsidan fanns det fönster i köket där Johannes suttit och väntat när Eeva-Lisa kom. Nere vid bäcken fanns spånhyveln med blodiglarna. Man kunde se rakt över sjön till Sven Hedmans, som senare skulle bli mitt föräldrahem efter utväxlingen, men från Hedmans kunde man inte se spånhyveln. Vissa kvällar, hade Josefina Marklund bestämt, skulle de som bodde i det gröna huset, det var jag och hon, samlas i köket och be om förlåtelse för det man gjort. Då måste man berätta om någon synd man gjort.

Först var inte Josefina med i gruppen, alltså hon var med, men bekände inte. Sedan blev hon med. Det var svårast att komma på en synd. Sen var det enkelt att bekänna. Efter utbytet var det Johannes som övertog att bekänna, och när Eeva-Lisa kom skulle hon också vara med och bekänna. Mamma bekände mest att hon tvivlat på Frälsaren och brustit i tro, men då jag en gång också gjorde det blev hon skarp och sa ifrån. Så nästa gång fick man leta efter en riktig synd igen, fast mamma fortsatte att bekänna tvivel och bristande tro. Hon menade att det var onödigt att ändra sig. Det var inget att divla om heller. Från fönstret såg man det gula huset där Frälsaren hängde och där det var ett hack i ramen på tavlan.

Över bron fanns en veranda. Den var rätt behändig. På somrarna växte där humle. Jag mår inte bra. Den gula färgen på bönhuset var rätt skarp, men om det sa man ingenting. Det var liksom man inte brydde sig om det. Det var konstigt. En gång innan vi blev utbytta hade min bästa vän, som hette Johannes, fäst ett klädstreck där uppe på verandan och jag hade firat ner mig, som om jag var i stor nöd: Johannes hade stått bortanför äppelträdet och bistått med ett kort kraftigt varningsrop, och då firade jag ner mig för att undgå förföljarna. Det brände till av hettan, och handflatorna var alldeles sönderbrända. Jag har på sätt och vis kvar ärren ännu.

Det fanns också en nyponhäck nedanför huset. Den sträckte sig utefter husets framkant.

När vi plockade svamp var det mest murklor. De skulle förvällas. Ordet "förvällas" kom efter detta att betyda kött, ruttnande kropp, och död. Det gällde, lärde jag mig, att dö rent och vitt, som en fluga i mellanfönstren, eller fågeln, inte förvälld som en murkla eller som Aron Markström från Oppstoppet när han återfanns. Rune Renström hade varit med som barn och berättade om det, och hur Aron sett ut som en svullen döfisk i köttet. Rune var min kusin, alltså om jag räknar hur det var före utlämningen.

Pappa hade byggt huset. Innan det var riktigt klart hade han planterat äppelträdet på gården. Det kom ungar från Östra och stal frukten; det var inte så vanligt med äpplen, men eftersom han dog så ung var det ingen som brydde sig om att säga att det var lite märkvärdigt att plantera äppelträd.

Nu orkar jag inte tala om Johannes hus längre. Det gör så ont. Varför gör det så ont. Nu ska jag tala om uthusen.

4

Det fanns ytterligare två hus på tomten. Det vill jag inte förneka.

Det var alltså först det gröna huset, som var litet, fast välbyggt och med grön färg, och där den inre trappan, med pisshinken som stod till vänster där uppe, var den trappa där Eeva-Lisa förvisades. Det största av uthusen var egentligen en sommarstuga. Utanför ena gaveln stod en asp där blixten slog ner, det var vintern innan och jag blev rädd. Pappa hade byggt sommarstugan också.

Innan han dog, bara en månad tidigare, hade han köpt en fiol. Han lärde sig nog aldrig spela på den. På likkortet av pappa liknar han mig mer än Johannes, men det kan ju ha varit fel på kameran. Fiolen trodde jag länge var försvunnen, men jag återfann den senare i förrummet till köket i kapten Nemos bibliotek i Nautilus innan vattentankarna fylldes och jag lämnade farkosten.

Jag tog då med fiolen.

Sommarstugan såg ganska konstig ut. Den var liksom femkantig, beroende på att vägen som gick förbi bönhuset, och upp mot berget där grottan med de döda kattorna fanns, att den vägen liksom klämde sig på. Då blev sommarstugan liksom inklämd innan den byggdes. Det förstod man inte i byn, men blir det inklämt innan, så blir det inklämt också sen. Då blir det femkantigt, just av det skälet. Vägen var mest en stig, fast ganska bred. Långfredan året innan vi byttes ut hade Johannes kommit hem till mig, vi var ensamma i huset och då hade, på vägen nere vid bäcken, ett Jehovas Vittne kommit försäljande. Vi gömde oss på verandan, och hon fick stå där förgäves klappande på porten, eftersom hon syndat genom att sälja böcker en långfredag när Frälsaren hängde på korset och man inte ens fick sticka en grytlapp och ändå mindre en vante för Finlands sak med skjutfingret fritt, för då skulle stillhet och sorg råda hos alla människor.

Det hade varit ganska spännande. Vi hade legat tysta som råttor. Vi låg på verandan och såg genom humlen det gula huset bortanför den femkantiga sommarstugan och hörde hur hon förgäves klappade på porten. Hon var inte så värst gammal och liknade inte alls ett Jehovas Vittne, utan såg ganska behändig ut, och på kvällen ville jag inte berätta att hon kommit och klappat och gått. Hade hon inte varit ett Jehovas Vittne, tänkte jag ofta senare, medan jag bodde hos Sven Hedmans, hade man kunnat öppna dörrn och ge henne en bullskiv och en gottbit och sitta en stund för att efterhöra om hon något hade att genmäla.

Sommarstugan kallades allmänt båthuset, eftersom det sades likna ett båthus, som dock ingen sett, utom stuvarna. Det var som om en båt kört in med nosen i backen. En strandad ark, ungefär.

Man undrar ju varifrån ett sådant Jehovas Vittne hade kommit vandrande.

Strax ovanför sommarböninga, bara tio meter bort, låg vedboden med inbyggt skithus. Första gången jag kom för att hälsa på Johannes efter utbytet hade han suttit uppe i skithuset, som hade två hål och ett på trappsteget för barna, och läst Norran med Karl-Alfred. Då hade mamma kommit utrusande på bron med alldeles förvridet ansikte och frågat om jag fått lov av min mamma att vara här. Det var rätt otroligt egentligen. Hon hade ett alldeles förvridet ansikte, som ett russin. Hon såg helt vansinnig ut, som om hon höll på bli tokut. Men jag hade bara bemannat mig och sagt helt beskedligt att det hade jag. Då hade hon gått in. När Johannes och jag sen kom in i köket hade hon suttit där och slevat i sig finka och kaffe, fast hon lämnade oätet. Hon var annars inte den som lät maten förfaras. Helt vansinnig hade hon sett ut.

Jag hade gått hem nästan genast. Man förstod inte hur hon tänkte egentligen.

Skithuset låg allra längst upp, intryckt mot vägen.

Öppnade man dörren till skithuset — man hade inga skithusstickor förresten utan använde Norran — och satte sig utan att stänga dörren, då kunde man se ut över hela dalen, över sjön och bort mot träsket och ända till Ryssholmen.

Det var så att man nästan hängde över dalen. På somrarna var det fint att sitta där alldeles stilla timme efter timme och se ut över sjöns vattenspegel. Det brukade vara alldeles tyst, utom korna.

Jag tänkte ofta gå dit, också efter utbytet, men sen mamma, jag menar Josefina, hade kommit rusande och sett ut alldeles som tokut och lämnat finkan oäten så den kanske skulle förfaras, så tyckte jag det var onödigt.

Jag minns att det var fint på skithuset, och helt tyst, utom korna. Så var det med skithuset. Fast det kanske inte är allt som kan sägas. I Nautilus fanns andra rester av hur det var.

Han hade inte ens försökt gömma det. Och det han skrev om var ju helt naturligt och inget märkvärdigt och man behövde ju inte divla om det.

Jag nämner det bara, återkommer senare.

5

Om det gröna husets källare. Johannes anteckning, från kapten Nemos bibliotek.

"I källaren fanns tre rum. Det ena rummet hade jordgolv, och användes som potatiskällare. Det var mörkt, för att potatisgrodden inte skulle växa: med potatis var det så, att ju större mörker, ju mindre växt. I ljus växte grodden, men potatisen dog. Tanken var att i mörker skulle döden hållas undan, fast, om man tänkte på saken, var det kanske inte mycket till liv för potatisen om man inte lät den dö. Det andra rummet hade också jordgolv, och användes som skafferi, men där hade detta att det var mörkt ingen förklaring.

I det tredje källarrummet i det gröna huset fanns en golvbrunn med mycket järnhaltigt vatten som inte kunde användas. Riktigt vatten fanns bara i kallkällan nedanför nyponhäcken. Alltså, om man räknade från den kortsida där brandstegen hängde, så var det först rönnen, sedan nyponhäcken, sedan backen ner till kallkällan.

I kallkällan var det grodor. Vattnet var mycket klart och rent, helt olikt det i källarbrunnen. Vattnet i kallkällan kom inifrån berget. Kallkällan var bara en halv meter djup, och där fanns ett tiotal grodor som det gällde att försvara. Det med potatisen var svårt att få ihop, men det var säkert så, att mörkret gjorde potatisen ätbar, medan ljuset gav död, utom om man planterade potatisen, då det gav liv. På det sättet var potatisen i jordkällaren helt förvirrande, och det löntes nog inte att man tänkte för mycket på det, det var ganska onödigt.

Grodorna måste man dock försvara, det var inget att divla om.

På det sättet blev man lite av djurskötare, eftersom det inte var alla som visste hur man skulle försvara grodorna. När man böjde sig fram med vattuhinken, för att hinka upp det friska kallkällvattnet, gällde det att föra den i sidled, att på sätt och vis styra den så man inte fick med grodor i hinken och på det sättet hinkade ut dem, så att de gick en oviss framtid till mötes.

Grodorna gjorde ju vattnet rent, i jordkällaren fanns survattnet i brunnen och potatisen utan grodd som skulle leva men inte var tillåten att dö för att återuppstå i detta jordelivet, om man såg det så, men egentligen var det nog inte grodor utan paddor. De var ganska stora och sa ingenting särskilt att fästa sig vid. Grodynglen var ganska trevliga. Man kunde ha grodyngel i konserveringsburkarna, men utan lock. Höll man ett grodyngel, som ännu ofta hade svansen i behåll, i handen, då sprattlade det på ett särskilt sätt. Josefina Marklund, som jag övertog som mor, förstod inte att man måste försvara grodorna.

Vid flera tillfällen hinkade hon ut dem, så att de gick en oviss framtid till mötes. Det är svårt att då veta om de levde eller dog. Protester hjälpte föga, eller till intet, dock tror jag att grodorna kunde leta sig tillbaka. Osäkert hur.

Men de hade väl hemkänslan. Uthinkade eller inte, hemkänslan försvinner ju inte så lätt.

Jag vet att Josefina, min mor, till och med inför andra bybor förnekade att vi hade grodor i kallkällan. Detta trots att det var känt att grodor gjorde vattnet rent. Det var viktigt att det var rent. Renhet var ju viktig. Vattnet var klart. Det gällde att försvara grodorna mot dem som kanske inte visste bättre. Påstod man att grodor var fula, eller onyttiga, eller motbjudande, förstod man ju inte att också de slemmigaste, detta enligt Korintierbrevet, kunde vara nyttiga, ja kanske nyttigare.

Man kan säga att jag, på detta sätt, blev ett slags djurskötare.

I den första källaren i det gröna huset, den med potatisen, stod länge en koffert. En dag — för övrigt den 24 april — kom en moster till mig för att hämta denna koffert. Mer finns inte att tillägga om de tre rummen i det gröna husets källare."

Hon hade kommit påhälsande, kom med bussen en dag och åkte samma kväll. Hon blev sagd vara en moster.

Hon var lång och smal och hade sjavat. Det hade utspelat sig ett litet samtal mellan henne och Josefina. Det hade han inte hört så noga, men förstått att de två inte hade så mycket att tala om.

Mostern hade kommit söderifrån och varit ganska snäll i ögonen fast långsträckt. Hon hade tydligen frågat en del om de närmare omständigheterna kring det som hände "pojkarna", som hon uttryckte det på sin sydländska dialekt, och fått svar. Fast det ju egentligen inte angick henne. Men Josefina hade inte alls svarat fientligt, eller så. Det enda mostern hade fått helt klara besked om, det var att det var onödigt diskutera saken vad gällde mig.

Jag var välbehållen hos Sven Hedmans. Inte mycket att divla om.

Mostern, som jag själv skulle se helt kort nere vid bussen när hon åkte, var ganska mager och långsträckt och kom fram till mig vid bussen, innan den kom, och frågade om det var jag. Och det varken kunde eller ville jag förneka. Då hade hon böjt sig ner, och helt utan skäl omfamnat mig. Och sedan hon stått där en ytterst liten stund — det kanske var rättare att säga att hon gav mig en "kram" — hade jag slitit mig min väg. Inte av någon speciell orsak. Men jag ville ju inte bli sedd i en sådan situation så jag slet iväg.

Så var det när jag själv såg mostern helt kort nere vid bussen, som hade kommit inifrån Forsen, alltså Burträskhållet.

Kofferten var dock ett annat kapitel. Men det rörde ju Johannes mer än mig.

Med kofferten i potatkällaren var det så, att hon en gång lämnat den där när hon reste söderöver.

Det hade hänt nånting. Svårt att säga vad. Och så hade hon rest söderöver. Men innan hon rest hade hon kommit med kofferten — jag tror från Boliden — och velat ställa den i potatkällaren. Och till detta hade Josefina ju intet att genmäla. Sedan hade hon åkt. Och kommit tillbaka, det var förresten den 24 april.

Hon var då lite magrare, och fortfarande mycket långsträckt. Om jag minns rätt från det korta mötet vid bussen hade hon fula skor, men ganska snälla ögon.

Jag förstår inte vad som gick åt henne, så att hon kom sig för, och böjde sig ner mot mig.

I källaren, vid kofferten, hade ingenting särskilt hänt.

Johannes mindes det ganska tydligt, skriver han, hur ingenting hade utspelats.

Hon hade gått ner till potatkällaren. Bredvid potatisen, som inte fick mältas, stod hennes koffert. Det var mer som en kista. Hon som var moster hade gått ner och Johannes hade följt henne. Så hade hon letat sig fram till potatrummet. Sedan hade Johannes tänt glödlampan som hängde rakt upp. Där hade befferten stått, som snarast var en kista. Och mostern hade tagit fram en nyckel och stuckit in i låset, och öppnat.

Och så hade hon stått stilla en stund och tittat ner i kofferten.

Han hade frågat vad som där fanns. Hon hade inte svarat. Han böjde sig då fram och tittade. Det verkade vara linne, på något sätt, kanske en klänning, kanske spetsar. Det var svårt att se.

Hon hade stått där och tittat. Hon var lång fast behändig, så var hon i alla fall nere vid bussen när hon åkte. Fula skor hade hon men snälla ögon. Hon var nog över fyrtio år. Kofferten hade stått där i flera år, men ingen i byn hade sett henne på länge. Man hade bara fastslagit som ganska säkert att hon var en ogift moster som var rätt gammal, fast yngre än Josefina, som nog inte tyckte särskilt bra om henne, fast det kunde ju göra detsamma, hade hon sagt.

Sedan hade mostern sett att det låg ett brev längst upp. Det var säkert till henne, för hon tog brevet, och öppnade det, och läste tyst för sig själv. Så läste hon om brevet igen. Men sedan hade hon fnyst till, liksom upprörd, och sagt: Det ska han säga!!! och knölat ihop brevet.

Det var alltsammans. Det var allt han fick veta. Det hade känts lite snopet.

Samma kväll åkte hon. Eeva-Lisa hjälpte henne att

bära ner kofferten till bussen.
Det var där nere jag träffade henne. Och så hade hon kramat mig så Eeva-Lisa såg det.
Och sen gick bussen.

Det fanns ett slags överbyggt mjölkbord också. Kofferten var ett slags kista, mjölkbordet var ett slags hus, mostern hade fnyst till och sagt att det ska han säga. Det var mycket som var ett slags, eller liksom.
Eeva-Lisa hade gått nerifrån vägen, när hon kom, upp mot det gröna huset.
Mostern hade fnyst till.
Jag känner mig alldeles tom nu.

Så gick det till när Eeva-Lisa kom.
Det måste väl ha börjat långt tidigare, ändå.

Jag fick aldrig veta varför mostern fnyste så där.
Det var väl nånting.

Man borde ha tittat nogare på alla som hade snälla ögon så man förstod varför de fnyste.
Snöstorm i natt.

2. Ett oförklarligt misstag

> Eeva-Lisa stod i djupsnön
> värken drev och månen lyste kall.
> Såg på avstånd skithusdörren
> stå på glänt och slå i drivsnöns svall.
>
> Snö på golvet. Stängde dörren.
> Mycket ont och mörkret tjockt och kallt.
> Satt på golvet. Alla sover.
> Ingen ser min skam och Gud mitt allt.

1

Han sprider små lappar med uppmuntrande tillrop runt sig. Under smörpaketet i skafferiet i Nautilus, halvtömt sedan han stekte upp finkan, ligger en lapp. "Man måste försvara grodorna."

Självklart. Han berömmer sig av något jag lärde honom.

Dock behöver han inte gömma det under smörpaketet.

När man blir fråntagen känner man sig ganska snopen.

Först tog de min mamma från mig, sedan hästen, sedan Eeva-Lisa, sedan döpojken, sedan det gröna huset.

Att det kan göra så ont att bli fråntagen ett litet hus. Fast det var ju välbyggt, och vårt, naturligtvis. Man tror ju att nånting är vårt, egentligen att nästan allting är vårt. Och så är det fel. Det är rätt snopet. Man blir ganska flat.

Han hade ju inte behövt bestraffa huset bara för det.
Själv kände jag mig egentligen ganska snopen hela tiden jag växte upp. Trodde att man åtminstone kunde rädda huset om man ritade upp det noga med blyertspenna, jag menar timmermanspenna, som pappa. Och sedan skulle jag ta teckningen med mig.

Bärgningslista, kallade pappa dikten i notesblocket. Det var han som hittade på det. Så kan man rädda ganska mycket om man befinner sig i yttersta nöd i de döda kattornas grotta.

Det första jag tänkte, när jag återfann honom på kökssoffan i Nautilus med halväten finka och rummet fullt av texter och lappar, det var att han såg behändig ut.

Det är som om vissa ord från huset biter sig fast. Behändig, och tokut, och snopen, och icket.

Förr tyckte jag att psalmverser var hopplösa eftersom man måste lära sig dem utantill, och upprepa dem beständigt. Sen tyckte jag att man blev liksom trygg av att upprepa och inte behöva tänka.

När jag vaknar tidigt på morron och det är dimma och fåglarna sover så har jag det bättre om jag upprepar.

Behändig. Jag har alltid funderat på om jag egentligen ville vara behändig, eller bara förrädare, som han. Fast behändig var kanske smärtpunkten i en psalmvers, och sen fick man ta de andra orden med sig, i de andra verserna, som inte gjorde ont.

2

Jag träffade Johannes Hedman, som han då hette, första gången när han var kanske två år och var hos Hedmans. Sedan lekte vi jämt med varandra fram till utväxlingen. Sedan följde det en paus när Eeva-Lisa kommit för att göra honom mindre nervös. Då blev det mer så att vi lekte på avstånd.

Sedan kom allt det där.

Däremellan ligger alltså utväxlingen. Jag ska berätta den historien först, så är det gjort. Man måste ju få det gjort, det som inte är det värsta, så är det gjort.

Det var inte många som trodde på historien först. Sen trodde ju alla, utom Hedmans.

Det var egentligen mest synd om Hedmans. Först hade de Johannes som var så behändig, sedan bara mig, sedan blev Alfild Hedman en häst och på slutet hade väl Sven Hedman nästan ingenting. Och jag tror inte han visste sig någon levandes råd.

Det är hemskt när man inte vet sig någon levandes råd. Det var väl därför han besökte mig medan jag var tyst, och klappade mig på mulen som om jag varit en häst. Men han kanske förstod att jag inte var säker på att jag var en riktig människa längre.

Fast vad är det för fel på djur.

Jag tror att alla egentligen blev rädda för Sven och Alfild och mig eftersom vi inte var riktigt säkra på att vi var människor. Om man inte är säker själv, hur ska då andra kunna vara det. Första gången jag tyckte att jag var nästan människa, efter utväxlingen, var då den långsträckta mostern gav mig en kram nere vid bussen, fast Eeva-Lisa såg på. Det var den enda kram jag fått i hela mitt liv. Om man tänker riktigt på det. Men det var ju nära när jag sa det där om tulpanerna som växte nedåt till Eeva-Lisa.

Busshållplats, kram, långsträckt moster; och det ska vara en livets höjdpunkt. Otroligt.

Så här var det i alla fall.

Det började en januaridag 1939, när det var så kallt att pisshinken på övervåningen, den som stod vid innertrappans övre ända, hade frusit till gul is. Fast det var inomhus. Josefina hade klagande sagt att de dagar man var tvungen att spetta i pisshinken var goda råd dyra, och kanske man fick elda för kråkorna också, för dom hade det nog inte så roligt. Hon hade ett varmt hjärta också för kråkor när pisshinken frös, det var liksom en mätare på hur kallt det var.

Jag minns det väl. Jag var fyra år, och fick gå och välta ut pissklumpen i snön. Det var söndag morgon. Ingen predikant skulle komma, ballongdäcken hade väl frusit på cykeln, så James Lindgren, det uttalades som det stod, skulle läsa ur Rosenius. Mamma tog stickemuffen fast det bara var över gården.

Jag hade luddor. Pissklumpen lyste gul i snön. Jag var inte särskilt munter, det var väl ingen när James Lindgren skulle läsa ur Rosenius, men det skulle nog bara ta vid pass två timmar eftersom bönhuset var kallt. Det gällde dock att ha seghet.

Då visste jag ju inte att denna läsning skulle förändra mitt liv.

Sven Hedmans hustru hette Alfild, och sades vara av

tattarsläkt. Det kunde vara vallon också, från Hörneforshållet till, men den allmänna meningen var tattare. Alla kände ju till att tattare var tjuvaktiga, så det var inte så roligt för Sven Hedman som kommit hemdragandes med kvinnan, medan hon dock ännu var vacker.

Det var synd om henne också. Hon kunde inte prata riktigt, men det berodde inte på att hon kanske var tattare, eventuellt vallon. Den allmänna meningen var att hon blivit halvstum när hon fått Johannes. På det sättet var det hans fel, och man menade nog att det kunde lastas över på mig senare, efter utväxlingen.

Stumheten hade drabbat henne på sjukstugan. Innan dess hade hon pladdrat som alla andra, och hon hade en mycket vacker sångröst, som var tydligt hörbar i det gula bönhuset. Hade hon inte varit kanske tattare hade hon nog varit allmänt omtyckt. Nu var man liksom allmänt avvaktande.

Efter födseln i september 1934 hade halvstumheten drabbat henne, fast inte sångrösten. Gudsorden kom ut ur henne alldeles klara och tydliga när hon sjöng psalmer. Det var liksom ett under. Hon såg det nog som en tröst. Hade det inte varit för att hon senare blev min mor skulle jag nog ha tyckt om henne, egentligen.

Hon kom hem från Bureå sjukstuga med ett barn som hon döpte till Johannes. Det började dock viskas rätt snart att det var något konstigt med barnet, som hon döpt till Johannes. Barnet hade, till skillnad från henne, inget tattarutseende. Det såg närmast behändigt ut, hade blå ögon och ljust hår, med regelbundna ansiktsdrag och välformade tänder. Han hade ett friskt öppet leende, var snar till skratt, och blev efter en kort tid allas gunstling.

Det blev allmänt fastslaget att det var konstigt med hans utseende, på grund av hennes. Han liknade heller inte Sven Hedman. Men eftersom ingen ville bestrida att Alfild var mor till barnet var det, efter en tid, rätt onödigt att uppehålla sig vid detta. Det var väl Människosonen som var sänd till världen på nytt, hade Egon Fahlman från Östra Hjoggböle, som icke var troende men skomakare, skämtat, vilket ingen tyckte var lämpligt, men det sades att han sagt det.

Vi bodde femhundra meter från Hedmans, tvärs över dalen. Det konstiga var att jag var ganska lik Alfild Hedman. Det var så upprinnelsen var. Så var det den januaridag 1939 när pisshinken hade frusit, predikanten inte kom, James Lindgren skulle läsa Rosenius och mitt liv skulle komma att förändras.

Det fanns annars inga tattare i byn, gudskelov.

Det fanns däremot ett tattarställe i Forsen, som låg mitt emellan Sjön och Östra Hjoggböle. Det var där Konsum, som egentligen hette Koppra, och tattarstället fanns. Tattarstället var ett hus och låg åt Skelleftehållet till, på Kleppen. Dit kom också, med jämna mellanrum, tattare från Finland.

När de kom ville de förtenna. Det var nästan värre än när det kom ett Jehovas Vittne på en långfredag. Ingen ville egentligen förtenna, fram till den dag en nattlig eldsvåda inträffat på ett ställe där tattarna hade fått ett bryskt nej.

Sedan ville nästan alla förtenna. Man visste ju nästan säkert att det fanns ett samband, även om det inte brann överallt där det blivit ett fast och beslutsamt nej.

Det var något konstigt med Alfild, Eeva-Lisa och tattarna. I biblioteket har kapten Nemo gjort en anteckning om det.

Fast man undrar ju. Det angår ju i varje fall inte Johannes, som var ljushyllt, hade ett friskt leende och var allmänt omtyckt.

Han tycks ha efterforskat.

"Eeva-Lisas morfar var, enligt henne själv, som dock på intet sätt hade zigenskt påbrå, expert på zigenarnas liv, och hade sammanställt en ordbok över zigenarnas hemliga ordförråd. Vad gäller detta språk blev hon, tillfrågad, helt tystlåten. Eftersom avsikten med språket var att skydda zigenarna från samhällets hot, gällde det alltså för dem att bevara språkhemligheten. I fem år hade han rest omkring i södra Finland, bland finska zigenare, och med hjälp av en ung zigensk pojke, som uppgav sig heta Palo, nedtecknat hemligheterna.

När allt redan publicerats avslöjades att han blivit förd bakom ljuset. Allt han nedtecknat, ord, sammansättningar, hela kartoteket över hemligheten, allt var ett bedrägeri. Han trodde sig ha kartlagt, men pojken hade velat skydda sig själv, därför uppfunnit ett språk till sitt eget skydd. Palo hade givit honom en dikt, för att själv undkomma. När detta blev känt hade hennes morfar flytt till norra Argentina, Misiones, eftersom skammen blivit för stor. Där hade hennes mor då dött under egendomliga förhållanden, medan morfadern dolt sig i ett mindre samhälle vid namn Guarany, tätt intill den brasilianska gränsen.

Uppteckningen av det hemliga språket finns dock bevarad hos den pojke, Palo, som alltså under falska förespeglingar själv skapat det."

Jag vet inte hur hon kom till oss.

Efteråt har jag tänkt, att det ju fanns många icke helt mänskliga människor som kunde ha hållit ihop.

För det behöver man ju inga hemliga språk. Eller man kanske behöver ett hemligt språk.

Men nej, men nej.

Bland vissa albatrossarter, fåglar större och mäktigare än Eeva-Lisa och jag, existerar något som kallas "Kainsyndromet". Fågeln kläcker två, ibland upp till tre, ägg. Fågeln ruvar äggen efterhand som de läggs. På detta sätt kläcks äggen med några dagars mellanrum. Den äldre albatrossungen hackar så ihjäl den yngre. Ingen vet varför.

Mat har den. Kärlek likaså.

Jag är en konstig och ovanlig unge i så fall. Mig hackade han ihjäl sex år efter det att jag fötts, och trots att vi kläckts samtidigt.

Inte underligt att jag då tog livet av min mördare.

3
Det var mycket kallt denna söndag, strömfåran i bäckens utlopp var dock öppen, som alltid. Det luktade ruttna ägg lång väg. Det måste ha varit trettiofem grader kallt.

Låg sol, nu mitt på dagen bara två fingerbredder

över horisonten.

Mamma hade stickemuffen på sig. Satt med den också i bönhuset. Alla satt med ytterkläderna på. Det rök ur munnarna så man knappt kunde se Frälsaren på tavlan.

Framför oss satt Alfild Hedman med Johannes.

Längst bak i bönhuset, intill kaminen, var det mycket hett. Längre fram var det svalt, sedan iskallt. Målningen föreställde Människosonen som framsträckte sina händer över de arma barnen, och tavlan hade ett hack i ramen. "Jesus älskar alla barnen" hette den väckelsesång på vars melodi Johannes sedan skrev sina lögnaktiga verser om Eeva-Lisa.

Faster Hanna satt på andra sidan mittgången. Hon iakttog oss skarpt hela tiden.

Efter två timmar tog det slut, eftersom det var så kallt att James Lindgren armest kunde hålla liv i fötterna och började stampa så det var svårt att följa med.

Alla gick hem, också faster Hanna. Vi fick sedan höra hur det gått till. Hon hade gått hem, och varit mycket tyst. På natten hade hon legat vaken och bett om vägledning. Följande dag hade hon börjat ringa runt till andra varmt troende personer som visste något om vad som inträffat. Till sist också till mamma, som sedan sammanträffade med faster Hanna och pratade länge.

Och då hade till slut Josefina kommit ut ur sovrummet där de suttit för att inte besvära någon. Och hon var helt förgråten men sade intet till mig, som ändå undrat.

Hon hade väl fått berätta hur det gick till den gången på sjukstugan. Och då hade väl faster Hanna fått sina värsta aningar bekräftade. Och så hade den stora olyckan börjat.

Sjukstugan i Bureå låg ganska vackert till.
Älven fanns bara hundra meter ner, däremellan mycket björkar. Men man såg älven. Sjukrummen hade alla fönster mot söder.

Det hade blivit så, att Josefina och Alfild Hedman kommit att föda samma dygn. En var väl fem timmar före, sades det. Och de låg på samma sal.

Det var en fin höst, löven var gula och satt kvar och ingen snö hade fallit på dem. Och följande morgon hade ackuschörskan fru Stenberg kommit in i sjukstugans sal nummer två, och haft två ungar på armen. Bägge pojkar. Och varit ganska jäktad men på muntert humör. Och så hade hon sagt, med sin lite skämtsamt arga ton som ibland kunde missförstås, att nu var det matdags.

Och vems unge var det här nu egentligen.

Sedan sades det om henne att detta varit hennes livs olycka och att hon fick gå i graven med den och aldrig riktigt blev sig själv, och annat olyckligt som också sades. Man kom främst ihåg henne för hennes olycka. Men då hade hon varit mest som skämtsam. Efteråt, när fallet vandrade genom Sverige, först i små ringar genom socknen, sedan i större och större ringar, till sist som en mäktig våg som sköljde också ner till Stockholm och de människor som där läste tidningarna, då frågade alla hur egentligen detta kunnat hända. "Det var en fråga som uppfyllde alla sinnen", som det stod.

Men sedan dess var det för mig bara en fråga som

65

uppfyllde mitt sinne. Inte hur det hänt, om det hänt. Men om jag egentligen var en riktig människa.

Och i så fall: vem.

Den senare inte så omtyckta ackuschörskan kom in och frågade vilket barn som hörde till vem.

Och Alfild Hedman, som då mest kunde peka, för något oförklarligt tycktes ha drabbat hennes röst, hon pekade. Och det var ju naturligt att man kände igen sitt eget barn. Och så fick hon Johannes.

Och på den vägen blev det, fram till det svindlande ögonblick när faster Hanna plötsligt, när hon liksom de andra i bönhuset inte hörde på Rosenius, och röken stod ut ur hennes mun, och betraktad av barnavännen på tavlan med hack i ramen, hade fixerat de två pojkarna, och ställt sig frågan om inte en förväxling ändå skett.

Och nästa dag hade hon själv ställt frågan.

Och så började det.

Varför var det nödvändigt. Det kunde väl ha fått gå ändå.

Det var väl inget konstigt med förväxlingar, sa de till mig efteråt.

Bortbytingar var ju väl kända. I "Djungelboken" fanns ju Mowgli. Det var nästan alltid fina berättelser som gick ut på att en fin liten människa, egentligen ett kungabarn, hade blivit bortslarvad. Eller bott bland vargarna. Bodde man bland djur kanske man fick djurets tankar och känslor, men det slutade ändå bra. Man kom hem till huset till sist. Till konungens hus ibland.

Man hade haft det mycket svårt, men återkom, likt den förlorade sonen. Och då blev där glädje.

Men jag fick ju lämna det gröna huset.

Egentligen har jag hatat bara en människa i hela mitt liv. Och henne kände jag ju knappt. Det var faster Hanna.

Varför var nu detta nödvändigt. De stal min mamma från mig, och min pappas hus, och sommarstugan, och skithuset, och kallkällan, och grodorna, och rönnen som var ett lyckoträd.

Är man utbytt kan man ju aldrig vara säker på att man är en riktig människa. Inte som förr i varje fall. För sent insåg jag att jag måste dö och återuppstå och söka mig till dem som inte riktigt var människor, kanske hästar, kanske kattorna i fernissan på sänggaveln.

Faster Hanna tycks aldrig ha tvivlat på att hon var människa. Men hon tittade skarpt på oss i bönhuset, och så förvandlade hon mig.

Jag önskar att Eeva-Lisa hade varit med den dagen i bönhuset. Å vad jag önskar det.

Hon kunde ha gjort ett tecken mot barnavännen på tavlan. Eller, om inte han haft tid, anberopat kapten Nemo, som var välgörare för alla nödställda.

Men icket.

4
Det kom till en massa samtal. Jag kallar det så.

Man smidde ihop länkar, som i farfars smedja. Det

var faster Hanna, och sedan Josefina, och så prästen vars fru hade en kappsäck, och doktorn som tittade i papperen, och ackuschörskan som absolut icke kunde erinra sig. Sedan polisen, och lokalkorrespondenten i Norran. Han fick betalt per rad. Och så smidde man ihop.

Det var värst när det stod i tidningen, men utan namn. Då visste jag med en gång.

Jag kom att bli bra på att veta att det var jag som var den omnämnde, fast jag inte hade namn. Man känner ju i luften att det är man själv.

Om jag hade vetat det den söndagen hade jag kanske kunnat uppkrypa i Människosonens famn. In genom fernissan på tavlan. Han som säges hjälpa alla barnen. Men nu satt jag bara intill mamma med stickemuffen. Kommer ingenting ihåg. Då kan jag ju likaväl föreställa mig att hon strök lite med handen över mitt hår, lite tankfullt, som om hon vore försjunken i Rosenius men ändå tankfullt strök mig över håret. Så där lite lätt.

Vad har man att förlora på att föreställa sig egentligen. Fast hon var ju inte den som strök över håret helt i onödan. Att bli kliad som en katt. Just i det ögonblick faster Hanna bestämde sig för att skipa rättvisa, kedjan började smidas, släggan höjdes över länken, järnet brann, och jag var på väg att förlora mitt liv.

Det var en sensation som skulle komma att nå ganska långt, förstod jag senare.

Ringarna spred sig på vattnet. I den innersta ringen, alltså den kring Johannes och mig och mamma och Alfild, var det lugnt och blankt och stilla. Först. Men sedan dånade vågen överallt. I alla tidningar, och radion, och i Stockholmstidningarna också, som fäste stort avseende vid bortbyteshistorien i den lilla avlägsna norrländska byn. Det var alltså vi. Bara för att dom var långt borta var vi avlägsna. Men vi befann oss ju mitt i. Det var dom som var avlägsna.

Så hemskt att vara mitt i, egentligen. Jag skulle vilja vara avlägsen.

Det var kyrkoherden som tog mig i ett särskilt samtal, därtill anmodad av modern, och förtalte mig.

Han berättade, efter att först ha bett en kort bön, som jag har glömt vad den handlade om, att vi hade blivit utbytta, med varandra, på BB. Man hade helt enkelt slarvat. Det var dock icke ohjälpligt, eftersom rättvisa måste skipas, det gällde bara att rätten skulle säga sitt, och svensk rätt var omutlig. Det visste jag inte vad det var, men det lät som något med kor. Vi hade fått fel mor. Nu skulle vi få rätt mor. Han nämnde ingenting om huset, och jag frågade inte, och flännade alls icke, för vilket han kraftigt berömde mig och ledde sig sedan i en avslutande bön.

Om det ändå hade varit predikant Forsberg, som hade cykel med ballongdäck och sju barn och var van.

Och det skulle ta sin tid. Men tiden skulle läka alla sår. Jag skulle få min rätta mor, som var Alfild Hedman, och Johannes skulle få sin rättmätiga, som var Josefina.

Sven Hedman nämndes icke. De lär dock ha vägrat. Därför gick det till sist till Högsta Domstolen. Man hade väl aldrig varit med om något liknande förr.

Men det var ju inte det jag fick, det jag blev tilldelad, som skulle bränna sig in. Det var inte Alfild och Sven Hedman. Det var det jag förlorade som brann. Jag skulle också förlora det gröna huset, och sommarstugan som såg ut som ett båthus, och vedboden, och skithuset med Norran. Och nyponhäcken och rönnen, där det på vintern var snö och bär och fåglar. Och kallkällan med grodorna, som jag inte längre skulle kunna försvara.

Kyrkoherden frågade, före den avslutande bönen, om jag hade något att fråga. Jag svarade nej. Också detta fick jag kraftigt beröm för.

Mamma var inte hemma när kyrkoherden kom.

Jag vet ju inte vad de sa till Johannes.

Kanske sa de samma sak. Kanske var det viktiga, också för honom, inte det han skulle få, utan det han förlorade.

Fast vi talade aldrig om det. Icke ett endaste ord om detta utbytte vi. Och när vi efter några års paus började leka med varandra hade han ju fått Eeva-Lisa, för att inte bli nervös.

Därför vet jag inte vad min bästa vän Johannes tänkte om detta, det viktigaste som hände honom, näst efter förräderiet, och det som hände i trappan när Eeva-Lisa togs ifrån honom.

Men han fick ju det gröna huset.

I själva verket fick han det av mig. Det togs ifrån mig, och gavs till honom. Och jag överlämnades kvar. Alldeles tom, som sniglar, lite slem, lite skal, lite död, alltså ingenting särskilt. Det är när man ägt något, och det tas ifrån en, som man vet vad man förlorat. Om man aldrig haft, då är det säkert inte särskilt hemskt att förlora ingenting.

Just innan det där hände, och innan faster Hanna spände ondblicken i oss den dagen i bönhuset och började samtala med Frälsaren, då hade jag fått en katt. Men Josefina skickade bort den, eftersom den sket på järnspisen. Det tyckte hon var onödigt att katta gjorde. Det var den enda katt jag haft. Den hade jag först, sen hade jag inte. Bättre om jag aldrig haft en katt, då hade det säkert aldrig varit hemskt. Bättre att aldrig ha haft, bättre att aldrig ha haft, då blir man icke som nästan tokut när det tas bort.

Jag menar: vi gick ut ur bönhuset, Johannes och jag, och var lite glada över att läsningen av Rosenius var slut. Man blev rätt glad varje söndag när det var slut. Det lyste liksom upp alla söndagarna, den stunden när man kom ut.

Men hade man inte haft plågan med Rosenius, som lästes av James Lindgren, det uttalades som det stod, då skulle man ju inte bli glad när det tog slut. Det var nog samma sak, fast tvärtom, med det gröna huset.

Vi gick ut, solen hade gått ner, för klockan var redan över ett och det var januari.

Jag stod ute på bönhusbron, och på något sätt befann jag mig i mitten av mitt liv. Och ändå var jag bara fyra och ett halvt år.

Jag hade hund en gång också, men bara en dag, sedan återfanns ägaren.

Jag är säker på att katten skulle ha kunnat lära sig att inte skita på järnspisen. Det är nånting sjukt med alla som tar bort det man har.

Jag måste bemanna mig. Man måste alltid bemanna sig. Nu ska jag berätta om hur vi blev tillbakabytta.

5

Med till visshet gränsande sannolikhet hade Högsta Domstolen funnit att Alfild Hedman var min mor.

Johannes blev inte fraktad av polisen. Han tog det ganska naturligt, tror jag, men jag frågade aldrig.

Josefina menade, med stöd av faster Hanna med ondblicken, att rättvisan måste ha sin gång. Det stod säkert något i svartbibeln om det. All ondska stod väl där, om man ville leta. Hon ville ha det tillbakabytt, med stöd av faster Hanna. Hedmans trodde inte på Högsta Domstolen, men vad skulle de göra.

Jag var ju egentligen inte tattarlik heller. Mer lik Sven Hedman i så fall. Man höll mycket på med att undersöka öronen på oss. Det var något med vindlingarna. Som om man var ett snäckskal. Inte människa egentligen.

Utslaget stod i Norran.

Sedan landsfiskalen gått, och överlämnat papperna som mamma inte brydde sig om att läsa fast det var en seger, började jag leta igenom huset för att noggrannare kunna upprätta en planritning med innehållsförteckning över föremålens belägenhet.

Vi hade ett slags vitt papper på rulle i skafferiet. När mamma gått ut för att genmäla med faster Hanna drog jag fram papperet och rev av en meterbit. Sedan plockade jag fram en vanlig blyertspenna, det var en timmermanspenna som mamma sparat efter pappa, jag benämner dem så. Han hade haft den i timmerskogen medan han högg och levde. Jag tror att han skrev i notesblocket med den.

På papperet började jag, med timmermanspennan, upprätta detaljbeskrivningen av huset.

Man fick ju vara noga. Jag fick inte göra ett enda misstag. Då skulle på något sätt det gröna huset för alltid gå förlorat. Det var som bärgningslistorna från det strandade skeppet i "Robinson Kruse".

Det var bråttom, för kyrkoherden hade varit mycket allvarlig i telefonen.

Mamma sa inte mycket de här dagarna. Men jag var väl inte mycket att prata med.

Jag ritade noggrant upp hela huset.

Källarvåningen, med potatkällaren där det inte fick mältas, och jordkällaren, och rummet med brunnen med vatten som var dåligt och sämre än kallkällan där grodorna fanns, källaren var enklast. Den kunde jag rita upp helt lugnt, nästan likgiltigt, som om man vore en annan Dragos. Trappan ner var lättritad också.

Jag säger det helt uppriktigt.

Där uppe gällde det att vara exakt. Jag fotade upp

rummens storlek, och använde pappas gamla tumstock. Man undrar vad pappa skulle ha sagt om detta, man undrar verkligen. Järnspisen tecknade jag in med alla detaljer, spisringar, ugn och lavoar. Vedlåren, där jag brukade sitta medan mamma lagade mat och bara titta och inte tänka på något särskilt, eller tänka på kriget, om mamma berättat något spännande om det som stått i tidningen, låren tecknade jag i grova drag, och med vedklabbarna bara antydda.

Det blev väl ganska bra fast jag bara var sex år.

Värre var det med övervåningen. Det var den värsta delen av bärgningslistan.

6

Hon hittade mig ute på vinden när jag just slutfört hela bärgningslistan.

Jag hade ritat sovrummet och lyckats ganska bra. Jag hade använt en ribba som linjal. Sovrummet blev fint: bra mått, fönstret rätt placerat. Den lilla utdragssängen, där jag låg, hade tagit ganska mycket tid.

Man kunde ju inte fastrita, på teckningen, det som var det viktigaste, alltså gaveln på insidan vid huvudändan. Där hade den gamla fernissan, som var så gammal att det kanske var farfar, om man kan säga farfar, som hade strukit på, fernissan hade alldeles naturligt bubblat upp, mörknat eller randat sig, så figurer, träd och skogar börjat framträda utan att gaveln kunnat göra något för att dölja det. Det var först överfernissat, av farfar, sedan hade det säkert varit helt normalt mycket länge. Men till sist hade figurerna och träden kommit fram.

På somrarna var det bäst. Då var det ljust hela natten, och antingen kunde jag låta bli att somna, eller bestämma mig för att vakna. Mamma sov då, och snarkade, jag menar Josefina Marklund, men det gjorde ingenting.

Jag satte mig uppe vid gaveln och såg på djuren. De var alla bruna och ganska småsnälla. Det var kattor mest, man kunde tydligt se öronen, och hos några ögonen; men också fåglar, som skar med sina vinglinjer tvärs genom himmelen ovanför de bruna djuren.

Ibland kunde man inte vara säker på vilka djur det var. Några av dem verkade bekymrade, eller olyckliga, det var tre fyra som vållade mig allvarlig oro på grund av sina sorgsna ansikten där tårarna endast med möda var återhållna. Ett djurbarn verkade blekt och kanske döende, som om fadern varit drinkare, men annars kunde man inte vara säker på vad som hänt.

Man fick föreställa sig. Munnarna på flera av kattorna var mycket tydliga, rörde sig ofta, särskilt vissa mycket ljusa sommarnätter. De bad liksom om råd. Jag fick för mig att de var i största beråd. Exakt vad de genmälde visste jag ju inte, men deras munrörelser och ögon var fulla av behov att mätta, och särskilt en (som kanske var en hund) var i yttersta beråd.

Själva landskapet var som man föreställde sig att det skulle vara.

På vintern var väl djuren också där, men då kunde man ju inte se dem. Då fick man nöja sig med att känna med handen.

Jag vet att alla dessa djur, som brutit sig fram ur fernissan, omfattade mig med stor omtanke. Så också jag med dem. Det var ju rent förtvivlat att tänka sig att de skulle lämnas ensammen, och utan en välgörare eller rådgivare som kunde hjälpa dem i deras beråd.

Johannes, som skulle överta denna säng, och denna sänggavel med de oroliga och villrådiga djuren, skulle säkert inte förstå. Det gör man inte om man är behändig och allmänt omtyckt. För att förstå, och rätt förstå fernissdjurens munrörelser, måste man vara eljest.

Jag ritade in sänggaveln. Men inga djur.

En gång hade mamma sagt att jag skulle ta sandpapper och sen skulle hon fernissa, för det såg då rent eintjeligt ut.

Jag höll på att dö. Hon glömde det tur nog.

Mammas säng ritade jag också in. Liksom nattduksbordet med handfatet och kannan med vatten, och skålen med såpa och handdukarna. Glaset med saltvattnet ritade jag också in.

I övrigt bara två pinnstolar, samt lådan där jag hade två böcker.

Bibeln låg på nattduksbordet. I lådan låg också "Bibel för barn". Den var inte så rolig som den stora familjebibeln där nere. Där fanns bilderna. Också den med syndafloden och kvinnorna nästan utan kläder som uppslukades.

Det var rätt hemskt att se hur de kunde se ut, fast på sitt sätt vackert. De uppslukades av vattenmassorna, och hade därför inte hovet att skyla sig. Och i vattenmassorna skapades då ett jättelikt hål, som vore det hålet i Människosonens sida där man kunde krypa in och gömma sig. Dit in sögs dessa oskylda kvinnor på bilderna i den stora Bibeln.

Allting gick att rita in. Jag ritade in utan smärta.

Vinden var det sista.

Vad skulle jag ta med.

Sängen i hörnet som inte användes. Brädorna. Väggen som var omålad och utan gammal fernissa och alldeles tom på djur. Prickbrädan som pappa gjort, Kårångbrädan. Prickbrädan var som en schackbräda fast med pappbrickor med kryss på baksidan; han hade nog kunnat spela lite spel på den, fast det kanske varit syndigt. Kanske. Men det hade man väl vetat, om han levat, och om han varit min far (fast Högsta Domstolen). Brödspadarna, de stora, meterbreda och mycket tunna med initialerna inbrända med brännjärnet. Man undrar verkligen vad han skulle med fiolen till. Var fanns förresten fiolen. Hade hon bränt upp den också. Allting brände man upp och då var det lika bra att allting brändes upp. Båset med tidningarna som var hemskt gamla. Kavelrullen.

Det var så mycket. Jag hann nog inte. Tiden var så kort. Prickbrädan. Fanns det en fiol och varför hade han köpt den och varför var det så tyst om honom. Jag menar, nånstans måste man ju ha kommit från. Det var ju inte Den Helige Ande ändå.

Brödkavlen. Prickbrädan.

Och så gav jag upp.

Jag hade lagt mig på tidningshögen i vindsskrubben och börjat flänna när Josefina kom.

Först frågade hon vad det var. Sedan brydde hon sig inte om att fråga mer fast jag fortsatte att flänna. Planritningen på kökspapperet, det var mer som ett smörpapper, låg på golvet och hon såg efter om det var rätt ritat.

Mamma var inte en sån som klappade eller strök på nån i onödan.

Hon var egentligen vacker, har jag alltid tyckt. Men man behöver ju inte vara vacker. Och när pappa dog, alltså när Johannes pappa dog, var det som om hon blivit stum. Hon var lika vacker som förut, det sa alla, men hon var stum. Jag kom på det sättet från en mamma som var vacker, men stum, till en annan, alltså Alfild, som inte var så vacker men stum också, fast på ett annat sätt.

Eftersom hon var stum tyckte Josefina inte om att klappa. Inte klappas heller. Allt det där var ganska onödigt, det lärde jag mig.

Det var kanske därför jag blev så rädd den gången den ganska långsträckta mostern gav mig en kram nere vid bussen.

Hon satte sig på tidningshögen och liksom inte jämrade sig högt.

Jag undrar hur gammal hon var den gången.

Hon sa ingenting. Vad skulle hon säga. Det var ju bestämt, det hade bestämts.

Fast i mer än sex år hade hon haft mig.

Sedan hon suttit ganska länge och liksom inte jämrat sig högt, och jag slutat flänna, och det blivit så tyst att man inte ens hörde asparna därute, reste hon sig från tidningshögen där jag låg. Hon hade inte sagt nånting alls. Hon gick över vindsgolvet, bort mot toppsockret som stod i hörnet. Så tog hon sockertången, och klippte. Biten tog hon i handen, la försiktigt ner sockertången igen, och gick tillbaka till mig.

Jag undrar hur gammal hon var. Jag tyckte alltid att hon var så vacker.

Hon tog klippsockerbiten, och slickade lite på den så den skulle bli mjuk. Sedan höll hon klippsockret alldeles tätt intill min mun.

Jag visste inte vad jag skulle göra. Jag väntade.

Hon höll sockerbiten tätt intill min mun. Jag hade slutat flänna. Det var alldeles tyst på vinden.

Hon tog inte bort sin hand, väntade bara. Jag ska alltid minnas det. Jag kommer ihåg hur hon såg ut. Och till sist förstod jag vad jag skulle göra: jag skilde på mina läppar, och med den yttersta spetsen av tungan rörde jag vid klippsockrets vita brottyta.

De förde över mig med hjälp av landsfiskalen.

Jag har sett bilden. Den kom i tidningen.

Det snöar, bilden är oskarp, kanske snö på kameralinsen. Bilden är oskarp, men man ser alltsammans ändå, hur de bär mig, och hur jag skriker förtvivlat, innesluten i landsfiskalens famn.

7
Varför skulle jag klandra honom för branden. Det gör jag inte heller, inte nu längre.

Han fick väl inte ihop det, eller försökte inte lägga

ihop. Han måste ha varit innesluten i undervattensbåtens bibliotek för länge. Då blir man väl som tokut.

Jag ska aldrig berätta om hur han försökte bestraffa det gröna huset.

Bödlarna, offren och förrädarna.
Signal.
Det tickade från den yttersta av rymder från honom till mig, hemlighetsfulla meddelanden om ett liv. "Signaler från de döda stjärnorna", kunde han skriva när han var extra utförlig. "Jag tror det var den gången jag dog", om henne som fråntogs honom.

Påfallande fixering vid döden inne i en levande människa.

Han hade rymt från sjukhuset, åkt hela vägen, och försökt bränna ner huset och sig själv. Fast det hade ju inte gått så bra som han hoppats.

"Jag ställde mig i sovrumsfönstret och såg ut över dalen. Det var som det borde vara, snö och månen lyste alldeles vit. Det kom rök. Jag hade föreställt mig det annorlunda, som att brinna utan att det gjorde ont, inbäddad i snön som i vadd, och med vinandet från telefontrådarna i kölden, en sång som skulle komma från den yttersta av rymder, och med rönnen med snö och fåglar framför mig. Men det sjöng inte, det kom bara rök, och jag blev räddad fast jag inte ville och kämpade mot. Ingenting blev som jag ville.

Det var som om jag mindes allting fel. Backen ner mot kallkällan var alldeles platt, det fanns inga grodor att rädda, vinden med Norran var tömd. Man kunde ju inte bestraffa huset, inte få det att sluta leva heller, när det inte ville. När man inte förtjänar döden blir man väl förmenad. Och så får man fortsätta. Man måste inte heller göra sig förtjänt av nåden. Men kanske måste man göra sig förtjänt av döden, annars levde man ju inte. Det gives alltid något bättre än döden, sade åsnan. Kom nu Rödkam, så fortsätter vi. Och det var därför de kom och räddade mig."

Ingen storm längre.

När det var storm flög måsarna långsamt förbi mitt fönster, drivna bakåt av vinden, såg på mig med sina små vemodiga leenden, viskade nästan ljudlöst.

Minns du oss, sa de. Från sänggaveln med fernissan. Vi försöker än, har inte gett upp. Så fördes de bakåt av stormen, men flög.

Nu andas havet.

Bor denna sommar och vinter tätt intill havet, vid Sveriges sydligaste gräns. Så långt borta som möjligt från det som hände, fast inom gränsen. Så kan man sammanfatta det.

Jag lägger alltså ihop, inom, fast vid gränsen.

Vaknade i natt med hög feber, och drömde ont. Jag skakade i hela kroppen, men blev efter bara några minuter lugnare. Det var som den gången, före utlämningen, de gånger jag hade feber. Jag svettades på natten och ropade på Josefina. Då kom hon tassande genom mörkret nästan med ett ynk i rösten, eftersom det var så mörkt att hon inte behövde vara skamsen för det.

Lakanen var våta av febern. Då tände hon lampan, bytte lakan och långkalsongerna som också blivit våta, och underskjortan. Så blev det torrt, och hon släckte lampan. Jag låg då alldeles lugn och såg upp mot taket där snöljuset slog upp som en vit lugn stilla brand. Djuren i skogen på sänggaveln sov, inborrade i sina drömmar, som fåglarna på vattnet. Och då kunde också jag somna.

Så kanske döden blir till sist: inte den som kommer i livet, utan den till sist. Som när mamma byter lakan och det känns torrt och varmt igen, fåglarna sover, snöljuset värmer, och jag kan somna.

Jag har varit ganska lugn sedan jag återfann honom i kapten Nemos bibliotek. Inte riktigt varit mig själv, just därför att jag varit lugn.

Sov länge.

Fram mot kvällen kom svart regn rullande in från söder, det kom som en snabbt växande vägg som drog in över kuståsen och tryckte ner gräset och piskade det och sedan stillsamt försvann uppåt och norrut: det blev alldeles lugnt och klart.

Jag gick upp på åsen. Man kunde se Bornholm långt i söder som en skugga. Vattnet andades i mycket långsamma rörelser, egendomligt svart, nästan som vattnet i Franklinvulkanens kärna.

Jag gick flera timmar den kvällen. Jag fann en kattunge, den låg alldeles livlös. Det fanns gott om vildkatt här. Kattungen var kanske en månad gammal, inte mer. Den låg orörlig i gräset med nosen ut mot havet, höll sina ögon slutna. Den var genomvåt.

Jag kunde känna hur hjärtat slog och slog.

Jag bar ner den till huset. Kattungen blundade envist, vägrade att öppna ögonen fast den måste vara tillräckligt gammal. Kattorna från sänggaveln sov just på detta sätt, fast vaknade när jag ropade på dem. Oftast var det mig de ropade på. Jag saknar dem än.

Från kattungens ögon droppade var. Jag försökte öppna ögonen, och lyckades. Fåglarna hade hunnit före mig, ögonen var uthackade.

Alltså.

Jag gick över åsen ner mot stranden.

Skymningen hade kommit, jag byggde av strandstenar en sista grop åt kattungen, med en flat sten till botten. Jag placerade kattungen på den flata bottenstenen, så skulle man döda kattungar. Så hade jag också lärt mig hur döden var: praktisk, utan sentimentalitet, det snabba smärtlösa avslutandet.

Det var inte så att man måste välja. Den snabba döden och den inre döden kände inte till varandra. De var okunniga om, och oskyldiga till, varandra. Kattungen satt med hårt slutna ögon på gropens botten.

Jag tittade på kattungen. Så många år som gått. Så svårt det var att få det att hänga ihop, och så nödvändigt. Jag tog en sten och släppte den över kattungen.

Så gammal jag blivit medan jag flytt från det gröna huset. Över den stora stenen placerade jag andra stenar. Man knappast märkte någon upphöjning i strandbädden.

Jag gick västerut över åsen mot Ales stenar. Förnatten hängde över havet, Bornholm inte synligt. Överallt i gräset fanns det sniglar, jag kunde höra hur de krasade under mina fotsulor. Johannes ville inte vara kvar hos mig och hade aldrig återvänt. Det var till sist inte som det skulle vara. Det knastrade under fötterna, och skymningen var fylld av en oerhörd skönhet och en alldeles normal död.

Det började med utlämningen.

Jag ska sammanställa i natt. Josefina var så behändig när hon bytte lakan, men när jag kom tillbaka efter utbytet ville hon inte tala med mig.

Tecknen.
Meddelande: "Långt vidare måste vi."
Signal.

Så tyst det är i natt.

Därute sover fåglarna. Sänggavelns djur har ännu inte ropat på mig. De behöver kanske ingen välgörare, eftersom de ännu inte befinner sig i yttersta nöd.

II. HÄNDELSEN MED HÄSTEN

I. *Alfild*

>Gud bevarar alla barnen
>också mitt fastän jag gjort i hor.
>Söndan innan gått i kyrkan
>alla glodde vasst och magen stor.

>Eeva-Lisa bresar benen
>kappan varm men månen lyser kall.
>Månne födes ur mitt sköte
>Frälsaren i detta skithusstall.

1

När landsfiskalen burit in mig i mitt nya hem hade jag fått nyluddor, och han var åtföljd av fotograf från Norran samt från en bildtidning i Stockholm som enkom för detta tagit tåget ner från Luleå. Landsfiskalen hade inte burit hela vägen, bara de första femtio meterna nerför backen. Sedan hade jag gått själv.

Det var bara Sven Hedman som tog emot i köket. Alfild var hemma, men hade blivit helt tyst av sig och sjungit, på melodi "När juldagsmorgon glimmar", att hon inte ville visa sig för fotograferna.

Efter en kvart blev vi tre ensamma. Jag fick rågmjölsgröt på flattallrik med rikligt med melass. Det var bara Sven Hedman och jag som åt. Han trugade lite med vänligrösten. Det är klart att jag inte tyckte om dem.

Han var väl rädd, och hade lagat nån mat som han visste han kunde. I det gröna huset åt vi aldrig melass, det ansågs vara mat för koern vilket var fel, melass var lika bra som sirap och billigare. Det var typiskt, sa Sven långt senare, att Josefina försökte göra sig lite fin med melassen. Till vilket jag intet genmälde.

Annars var han noga med att aldrig tala skit om henne. Den enda gång det kom var det om melassen.

Det är klart han var rädd.

Högsta Domstolen var rikets högsta juridiska instans och hade fastslagit att han, före detta tjurhållare, hade haft fel, och ådömt honom mig. Det måste vara lite högtidligt att bli ådömd ett barn av Högsta Domstolen. Han borde känna sig lite märkvärdig nästan, men blev bara tyst. Alfild var ju redan tyst, utom när hon sjöng. Men hon hade väl inte riktigt hovet.

Många tyckte nog att det var en nästan för högtidlig olycka som drabbat obetydliga småbönder. Det var väl inte riktigt passande.

Jag är säker på att han tyckte mycket mer om Johannes som ju var behändig.

Sven Hedman hade varit tjurhållare i byn tidigare, vilket var en hedersuppgift, särskilt med tanke på att han inga kor hade; han högg på vintrarna och gick på båtarna i Bure på somrarna och var egentligen inte ens småbonde. Efter några år blev han fråntagen denna hedersuppgift, alltså som tjurhållare, och blev då tystlåten av sig.

Han hade en gång gift sig med Alfild för att hon var vacker. Hon kom söderifrån.

Hon var inte längre vacker. Den allmänna meningen i byn var att hon kanske varit vacker i början, när han kom dragandes med henne, men att hon sen torkat ihop och inte längre var vacker. Ful, snarare. Det fanns något lapplikt över hennes kropp, kanske inte kroppen men gången, och ansiktet skulle man ju inte tala om. Håret var vackert, men hon var för skrynklig.

Sven Hedman hade nog haft en egen åsikt om detta en gång, men inte nu längre. Han hade kanske fått en glasskärva i ögat, så han såg henne som ful, eller i varje fall hoptorkad. Alla andra tyckte så. Varför skulle han vara eljest. När hon fått barnet, och blodproppen samtidigt, blev hon ännu fulare.

Det vackraste han visste var nog Johannes.

Mig hade han blivit ådömd. Då såg han väl mig först på samma sätt, alltså genom glasskärvan. Jag och Alfild blev nånting fult. Men han tog emot mig vänligt när jag blev ditburen och kokade rågmjölsgröt med rikligt med melass. Han hällde upp rågmjölsgröten på en flattallrik och gjorde brunn på mitten för melassen och gav mig en sked, och så åt vi från var sitt håll. Det var så man gjorde inom familjen, kan man säga. Han försökte väl muntra upp mig genom att inte ge mig en egen tallrik, och jag la märke till att han lämnade melasshålet på slutet till mig. Han var väl lessen över att gullpojken var borta men bemannade sig trots att allting blivit så fult.

När han kom hem från timmerskogen och såg oss i köket, alltså Alfild och mig, så såg han säkert bara att vi var fula.

Eftersom han var rädd för oss pratade jag inte så mycket med honom. Han var kraftig till växten, flintskallig, hade aldrig haft någon särskild hand med fruntimmer, sades det, och snusade beständigt. Många var förvånade, nästan bestörta, den gången han kom dragandes med Alfild.

Det fanns ju de som väl mindes hur hon såg ut när hon kom. Det hade varit konstigt. Men sen blev det ju inte mycket att divla om.

Jag fick kökssoffan. Själva låg de i lillkammarn.

Det fanns inga kattor på gaveln i kökssoffan. Jag kunde inte ens se ut över rönnen. Det fanns varken fåglar eller snö i den rönn jag inte kunde se. De enda jag kunde se var Alfild och Sven Hedman. De sa ingenting till varandra.

Jag antar väl, i dag, att de kände sorg. Varför skulle de då tala med varandra. Man kom överens ändå. Det som hänt hade ju hänt. Johannes var borta. Allting var som blankis utan sol. Jag låg i kökssoffan. Jag hade också blivit som blankis.

Så här gick det till när Alfild Hedman blev en häst.

2
Ett år och tre månader efter utväxlingen fick Alfild Hedman sin andra blodpropp.

Den överlevde hon också. Men hon blev inte ens som hon varit förr.

Jag undrar ibland hur man tänkt att hon skulle bli för mig. Ett slags mor, antar jag. De hade kanske tänkt att hon skulle sitta där i svartklänningen med svarthåret och sjunga ur Sions Toner för mig; för sjunga, det kunde hon ju. Och skulle sitta där med huvudet lutat i handen och sjunga om Guds kärlek för det älskade barn som hon nu fått tillbaka.

Men det enda jag riktigt såg, den gången när jag

kom, var hennes fulhet, och att det var så tyst. Det konstiga är att jag tycks ha glömt hur viktigt det var att försvara grodorna. Jag var så upptagen av hur tyst och fult allting var, att jag glömde det lilla jag lärt mig.

Jag tror jag försökte sova så mycket som möjligt. Fast så mycket som jag ville — det var ju inte möjligt.

Hon fick den andra blodproppen en onsdag.

Först låg hon på sjukstugan där de slarvat med mig och Johannes; där fick hon sköta sig själv. Sedan kom hon hem, då fick jag sköta henne. De kom med henne en dag mot slutet av februari; hon kom med bussen, sattes i en rissla, vi hade ingen häst ledig men hon var så lätt att jag och Sven kunde dra henne.

Hon placerades på kökssoffan. Vi stöttade upp henne med kuddar.

Sen var det bara hon och Sven och jag under den tid som skulle komma. Det var efter detta hon skulle bli en häst. Fast det var ju först på sommaren.

Hon blundade rätt ofta. Hon kanske hade några bruna fernisskattor hon också, som hon blundande anberopade i sitt mörker.

Om inte de anberopade henne.

Jag har undrat, efteråt, hur hon och Sven Hedman egentligen hade det.

Det hade väl varit ett slags kärlek. Varför skulle han annars leta upp någon som var tattarlik, eller kanske vallon. Han måste ju förstå att det skulle bli mycket plåga av detta. Men han var väl rädd för att vara ensam, och man vet ju aldrig vad de talade om medan hon kunde tala. Hon kanske också var rädd. Man sa, i byn, att Sven och Alfild de första åren voro som dragdjuret med två huvuden i Uppenbarelseboken. Men Sven och Alfild själva visste kanske inte att de levde i stor plåga. Och vet man inte plågan finns den icke.

Alltså måste det vara kärlek. Lever man i plåga men utan att förstå det måste skälet vara kärlek.

I början av maj kom försämringen. Sven ville att den skulle hållas inom familjen. Det var nog det som kom att bli problemet.

Försämringen var först så obetydlig att vi nästan inte märkte det. Ungefär som när stor olycka övergår i mycket stor olycka. Hon blev inte bara stum, utan tankfull. Vi förstod att något hade hänt. Sedan kom nästa steg då hon var tankfull men inte riktigt stum. Då började man ju fatta.

Det var att hon inte längre var stum som var värst. Hon sket ju på sig lite också.

Sven Hedman klarade ju det mesta, men ibland hjälpte jag till. Ibland när Sven var ute i skogen var det jag som borde, men var då lite trögbedd. Hon satt då bara helt stilla och luktade, och såg tankfullt på mig. Ibland såg hon snäll ut i ögonen, som om hon börjat lita på Högsta Domstolens utslag. Då gick jag över till vedbon och låtsades snickra.

Hon satt mycket och strök genom svarthåret den våren. Det var kallt. Jag kommer ihåg norrskenet när hon sett snäll ut i ögona och jag gått över till vedbon. En gång gick jag halva vägen till det gröna huset, barhuvad, i norrskenet.

Det var ljust i fönstret nere, men släckt där uppe. Johannes hade väl gått och lagt sig i min säng. Jag tror jag flännade.

De ville inte att jag skulle kalla dem mamma och pappa. Jag kallade dem Alfild och Sven.

Det kändes helt naturligt.

När försämringen hållit på ett tag började Alfild ropa.

Till att börja med förstod vi inte vad hon sa. Förr var hon ju alltid tyst, utom när hon sjöng psalmer, men verserna voro ju förtryckta, så man behövde inte lyssna. Men nu var det nysjunget, allting. Eller nyropat, snarare. Ofta satte hon sig på kökssoffan och höll hanna i svarthåret och drog ihop hela ansiktet som om hon varit rätt förtvivlad eller glad, det var svårt att se skillnaden, och rålade.

Kinderna hade nog varit rätt barnsliga en gång, sen blev de som russin, men när hon rålade kunde man ibland se hur det varit, fast hon drog ihop. Hon rålade, eller korämade, men inte som om hon haft ont, bara varit lite melankolisk eller tankfull och rålat i väntan på att hon bestämde sig för att börja prata med oss. Hon ropade inget ont, jag menar elakt, men snarare som om hon velat förmedla ett viktigt budskap som hon funderat på länge. Ett nästan himmelskt budskap. Änglabasunerna i Uppenbarelseboken ungefär.

Det var nästan som när telefonträdarna sjöng vintrar det var kallt, och jag trott det var en harpa som var fäst i stjärnorna: men tonen var djupare, inte riktigt himmelsk, mer som ett djurs. Hotfullt och varmt, hon brölade med en egentligen egendomligt djup stämma, lågt, mmmmmmmmmmm, sen högre, mmmmm, sedan ååååååååååååååååååuuuuuuuuuuuuuuuuuåååhhhmmmmmmmmmmmmmmmmmmmmmmmm*mmmmmmmmmmm* . . . . *mmmmmm*. . . . och så försvann det, utan att hon verkade sörja särskilt över det. Som om hon genmält något viktigt, och nu satt och tänkte över det hela.

Först blev jag inte alls rädd. Sen blev jag lite rädd. Det började nog med att Sven Hedman helt kort sa:

— Nu får vi nog iaktge din mamma.

Som en ropandes röst sjöng hon. Jag skulle iaktge min mamma.

Sen tänkte jag ibland: som en ko råmar efter sin kalv. Jag försökte lugna mig med att det nog var Johannes som var kalven.

Det tog några veckor medan vi begrundade. Sen vi begrundat länge blev vi bestörta.

Inte så mycket för hennes skull. Hon hade ju fått slaget efter barnsängen. Det andra slaget var nog utväxlingen. Det var ju liksom två barnsängar, som lätt kunde åstadkomma slaget. Och inte blevo vi bestörta för vår egen skull. Men man blev ju ganska rädd att det skulle höras, och då skulle de, alltså byn, eller kyrkoherden, som var högtidlig men inte så snartänkt, eller landsfiskalen, då skulle de kanske komma och oja sig och ta henne från oss.

I byn var man ju alldeles lomhörd. Man kunde ju inte höra att a'Alfild hade blivit som ganska behändig och omtyckelig egenteligen.

Ibland tänkte jag på att det kanske var jag som gjort henne konstig. Men så slog jag bort det: Bort det! Bort det! Och då tänkte jag att det var Johannes.

Jag började fundera över att Johannes hade så lätt att skylla från sig.

Två mammor har jag förlorat, och en pappa. Det är ganska mycket egentligen.

En låg i graven och jag kände honom bara genom likkortet (notesblocket hade jag ju ännu inte fått då). En satt i det gröna huset och blev som ett russin när hon såg mig. Och Alfild, ja hon verkade ju så eljest att man måste betrakta henne som förlorad.

Sven Hedman gick omkring lite i byn och luskade om någon hört något. Det verkade inte så. Man undrade över att vi inte gick i böna. Då höll Sven och jag krigsråd, och bestämde att en av oss alltid skulle gå i böna.

Vi stängde dörrarna rätt noga om det strök omkring någon välvillig granne. Eller också ledde vi in Alfild i finkammarn, alltså lillkammarn, där vi förelade henne smörpapperet och penna och jag lärde henne rita en karta över Sverige. Det var mest ytterkonturerna, men jag var noga med att alltid pricka in Hjoggböle så hon skulle veta var hon var.

Då ylade hon inte.

Annars var hon ganska regelbunden. Det var ylande på morron, medan Sven Hedman buntade in maten i unikan och fyllde termosen, och så var det kvällsråmet. Somliga dar var det väl sammanlagt tre fyra timmar, inte mer. När hon var vemodig till sin-

nes verkade det bli längre.
 Mot vårkanten började hon råma ord. Då blev det ett problem.

Alfild hade haft några problem förut. Inte bara att hon kanske var tattare, eventuellt, men också annat. Hon hade fött en pojke förut. Då låg hon hemma, och Sven hade kallat på ackuschörskan, som kommit dit men haft bråttom. Det var konstigt nog samma historia som med Josefina. Ungen låg fel i alla fall, Alfild hade rålat som en tok och till slut hade grannarna nästan blivit bestörta och ringt till ackuschörskan som kommit sjavande med sin sugklocka och då, på tredje dygnet och efter mycket rålande, hade man fått ut ungen.
 Han var strypt av navelsträngen. Han hade dött just när han skulle börja leva. De hade döpt honom till samma namn som jag senare fick, lagt honom i lillkistan och inte fotograferat honom.
 Alla hade ju likkort, också Josefina av sin förstfödde. Jag önskar att Alfild eller Sven Hedman hade tagit kort av den här också. Man undrar om man var lik honom, men bevisen blev ju jordade, inget kort togs, och några öronvindlingar blev heller inte granskade av doktorerna.
 Råmat hade hon gjort den gången också.

På vårkanten kom orden, liksom spirande. Då blev det ett problem.
 Det var nästan sammanhängande meningar. Vi tog ganska illa upp.

Hedmansstugan låg intryckt i skogsbrynet, en halvkilometer mitt emot det gröna huset, snön smälte sent det året, det skulle nog bli sommar ändå, men det enda Sven Hedman och jag kunde koncentrera oss på var Alfilds ord.

Det var rätt konstiga ord. Det var som om hon nu, när hon var nödställd, hade börjat använda ett hemligt språk som hon en gång kunnat. Det var som om hennes liv varit ett slags jättegryta där det var svart och bubblade, nästan som i tunnan i farfars tjärdal, det kom upp bubblor då och då och bubblorna kom underifrån, där hon hade sitt tidigare liv. Man blev nästan rädd. Och samtidigt började man se på henne, det hade man inte gjort förut. Allting kom uppbubblande. Först var det bara svart och segt, men sedan kom håret och svartögonen och sångrösten och att hon varit som ensam i ögonen.

Och det kom på konstiga och hemliga ord.

Man kunde tänka sig att tjärtunnan var hennes liv, och bubblorna var hon själv, och att hon blivit liksom rassan för att vi inte hade hört på förut. Och därför var det ett hemligt språk hon använde.

Det var som Eeva-Lisas morfar som blev förd bakom ljuset. Om det var sant det Eeva-Lisa berättat.

Man har ju gjort sina misstag mot dom. Och då använder dom ett hemligt språk för att protestera. Jag hade lärt mig vad kattorna på sänggaveln sa, trots att de var överfernissade. Djur har jag alltid varit bra på.

Men Alfild tog jag aldrig hand om. Undra på att hon blev liksom tankfull.

Hon började sjunga orden på nätterna också.

På nätterna var det mera sång, på dagarna hemliga ord. På nätterna var det mer himlaharpan, på dagarna hemligheter. Det var rätt lika, på sitt sätt. Så därför blev jag aldrig riktigt rädd.

Sven Hedman blev nog mer betänksam. Ibland nästan bestört.

Jag har haft två mammor. Den ena gav aldrig nån kram, men höll fram klippsockret. Den andra sjöng som en katt, fast alldeles hemligt.

Jag må säga. Jag må säga.

Sen har jag tänkt att hemligspråket försökte berätta om hennes barndom. Det kan man ju inte använda vanliga ord till, bara hemliga, ingen kan använda de vanliga.

Vem kan tala om hur det var att vara barn. Ingen. Fast man måste väl försöka. Hur skulle det gå annars.

Johannes försökte ju, i kapten Nemos bibliotek. Men det gick ju inte heller, fast han försökte.

Det kunde jag ju ha förklarat för henne: att det var bra hon försökte. Men icke heller detta kom jag mig för. Och sedan blev hon så rassan att fulorden kommo.

Både Sven Hedman och jag blevo helt bestörta när vi förstodo. Det var ju så skamligt.

3

Eftersom jag så småningom fick klart för mig att Nyland, södra Finland, var det område varifrån *de* kom, alltså *de* som hade ett hemligt språk, eller som var lika mig, och mycket vackra eller mycket fula, söderifrån och långt borta, fast inte från Stockholmshållet till, så bestämde jag mig att det var därifrån Alfild var.

Nyland, det hade klart framgått inte bara av "Den hemlighetsfulla ön", "Robinson Kruse" och "Djungelboken" utan också av den stora familjebibeln med bilderna av de oskylda kvinnorna som sögs ner i jättevattenhålet, det var utlandet med palmerna och vulkanerna med kratrar, där undervattensfarkoster var instängda.

Jag hade dock inte frågat Sven Hedman. Han hade säkert mött henne när hon var mycket ung, och inte frågat han heller. Jag menar: då hon inte blivit ful längre.

Man undrar varför det ska vara så nödvändigt att vara vacker.

Sedan hon blivit en ganska behändig häst funderade jag på hur Alfild Hedman var som yngre. Man kunde tänka sig att hon kommit hit upp med båt, efter kusten. Och hade kommit eftersom hon hade en hemlighet att meddela oss. Hemligheter har ju alla, det gäller att säga dem så de andra inte förstår, för att få dem att fatta. Det är stor skillnad på att förstå och fatta. Men hon hade en mycket viktig hemlighet, reste långt för att inte meddela den, så vi skulle fatta.

Men om Högsta Domstolen hade rätt, då kommer jag också egentligen från djungelriket Nyland med palmer och vulkankratrar där undervattensfarkosterna befinner sig, med Välgöraren innesluten.

Vad det är svårt att inse det. Då skulle jag ju ha kunnat lämna det gröna huset för länge sedan, utan sorg. Men det ville jag ju inte.

Först kom sången, sen det hemliga språket, sedan råmandet, sedan fulorden.

Hon brölade som en mistlur.

— *Iiiiiiiiiiiiiiiiiiiiiiiiiiiinnnnn kkkooooooooooooooomer faaaaaaaaaaaaaaaaaaaaaaaaaaaaar . . . . fullllllleeeer han vaaaaaaaaaar*, och det var ju lätt att förstå. Hon försökte sjunga en liknelse för oss. Somliga fanns i Bibeln, men inte alla. Människosonen hade spritt ut några här och var, en av dem var en liknelse som Alfild nu förmedlade till oss. Det var som i Blåbandets betraktelser. En svår barndom och han kom hem och barnet var dödssjukt och blekt. *Taaasken haaaaaaaaaaaaaaaaan slog i boooooooooooooordet . . .* — men sen blev det värre, det var inte så vi sjöng i Hoppets Här. Och så några ytterligare förfärliga ord, det gick inte utstå. Det var hemskt. Och så sjönk sången in i mjukt fint mumlande, som det vanliga, och tonen blev ren och klar och dov, klagande som från telefontrådarna igen, och så det hemska, plötsligt, *kuuuuuuuuuuuuuuuuuuuuuuuuuuuuuukkkeeeeeeeen hhhhhhhhaaaaaaaaaaaaaaaaaaaan slog i bbbooooooooordet*.

Jag såg på Sven och han bara diskade, men samma tallrik hela tiden som om han var mycket noga. I flera minuter. Så noga var han aldrig annars.

Till slut blev han så bestört att han gick ut och högg ved.

Alfild satt kvar med sitt lilla hemlighetsfulla leende och blev tyst, men rörde med tungan försiktigt vid gommen både uppe och nere som för att efterkänna om de fula orden lämnat några spår efter sig.

Hon såg nästan lycklig ut efteråt. Hade hon inte varit så tokut hade vi kanske kunnat sätta oss en stund och genmäla. När hon log så där blev det bra igen. Jag minns att jag egentligen då kände mig fullständigt lycklig.

När jag var barn, tänkte som ett barn och drömde som ett barn och hade ett barns förstånd, lekte jag ofta leken att teckna efter siffror. Leken fanns i Norran. Man drog en blyertslinje mellan siffrorna, och så blev det ett djur. Det brukade bli en elefant, eller en fågel.

Eller också var det i Allers. Både Norran och Allers fanns i skrubben på vinden i det gröna huset.

Så där kan man dra en linje mellan siffror. Alfild var en siffra. Jag borde inte ha dragit så fort, för att få en elefant, jag borde ha väntat vid varje siffra för att fatta vad just den punkten var.

Det var nog det som var felet. Hon var inte en elefant utan en häst. Det var mycket med djur, så blir det när man inte är säker på att man är en riktig människa. En gång, innan utlämningen, hade en fågel kommit in och flaxat och då hade Josefina stängt in den i mellanrummet mellan vinterfönstret och sommarfönstret, där vadden fanns, och de döda flugorna.

Jag började skrika, så hon släppte ut den. Det var så otäckt med vingspetsarna mot fönstret.

Hon var väl rädd för att fågeln skulle skita ner, som katten på vedspisen. Hon var noga med att det inte skulle vara nerskitat. Det var nog därför jag tvättade blodiglarna nere i bäcken, så att de till sist blev fullständigt rena. Och grodorna som gjorde kallkällan ren. Fast dem hinkade hon ut.

Ibland fattar jag inte.

Det var mycket med det där som skulle vara fullständigt rent. Inte var det som hos Hedmans. Men det var ju skillnad på allting. Det gröna huset var heller inte som djungeln i Nyland. Man fick förstå att det var mycket som var olikt.

Jag hade stått alldeles flat och paff medan fågeln försökte komma ut, och sedan hade jag börjat skrika.

Men inte sket den på fönstervadden inte. Där kan man se.

I juni skrek Alfild fem timmar per dag. Kom någon granne och skulle prata gick Sven Hedman ut, nästan hundra meter, och samtalade helt naturligt med dem, på avstånd, så det inte skulle höras.

Vi levde hela tiden, allt mer, med hennes rop. Det var nästan det enda viktiga. Ingen av oss hade en tanke på att ge upp. Efterhand tror jag att vi egentligen brydde oss väldigt mycket om henne.

Kanske inte så hemskt mycket som Johannes om Eeva-Lisa. Men vi tyckte inte så hemskt illa om henne längre.

Det är svårt att förklara. Men det hade väl blivit ett slags kärlek.

4

Hedmans hade, efter hans pappa som dödde i timmerskogen, en sommarstuga som egentligen var en timmerkoja. Den låg vid Melaån, som gick mellan Holmsvassträsket och Hjoggböleträsket.

Dit tog vi henne till sist.

I Hjoggböleträsket låg fem holmar och ett vassgrund med småbjörkar som inte räknades. En av dem hette Ryssholmen, där låg sju ryssar begravda. De hade varit med i ryska armén som härjade vid 1800-talets början, och så hade de förirrat sig till Hjoggböle men då hade byborna slagit ihjäl dem och begravt dem här. Det fanns mycket huggorm på Ryssholmen, och storväxt gran. Den var oavverkad på grund av ryssarna och huggormen, kanske, och storväxt. Ingen gick iland där på grund av detta. Det var väl känt, och helt naturligt.

Ryssholmen kunde man se på långt håll från det gröna husets skithus, om man öppnade dörren, men mycket nära från timmerkojan vid Melaån.

Dit tog vi henne.

Vi satte upp henne på pakethållaren på cykeln med ballongdäcken, som jag lagat ett otal gånger med sulision, det hette så, och rullade iväg henne. Sven Hedman hade sagt att de var överens om detta, men det var väl mer han och jag som var överens, fast hon av naturliga skäl ej alls motsatte sig. Han hade surrat fast henne med hästtömmar som Nordmarks glömt kvar i fuset sedan Sven varit tjurhållare, de hade väl lett kvigan därmed, som var istadig dit men ganska som spak efteråt så att de glömde tömmarna, nåväl, de hade blivit kvar. Själv hade vi ju ingen häst och heller ingen tjur längre, sedan Sven blivit fråntagen uppdraget och därefter bli-

103

vit tystlåten av sig och rätt spak.

Alfild log och ylade beständigt och verkade glad att få komma ut. Vi gick genom byn. Jag tror det tittades, fast vet väl inte säkert. Folk fick ju göra vad de ville bakom fönsterrutorna och jag brydde mig inte om att titta upp. När vi passerade Lindgrens fuse sa hon *horkarl* med mycket hög röst.

Sen kom vi in på vägen genom skogen, och då blev hon tyst. Det tog en timme att dra henne till Melaån. Det var ganska varmt.

Vi satte av henne på brosteget. Hon såg sig omkring och klippte fågellikt med svartögonen, men teg häpet. Hon såg ut att vara vid gott mod. Var vid gott mod, sa också Sven Hedman till mig när han såg att jag började darra på underläppen. Då bemannade jag mig. Han var nog egentligen glad att ha mig med.

På kvällen somnade Alfild och jag, sen vaknade jag på natten och såg att Sven Hedman satt uppe och läste ur Bibeln, som eljest icke var hans vana. Han såg att jag vaknade, och vände på huvudet, som om han var i färd med att uppmana mig att somna om. Men han sade intet.

Jag gick upp och satte mig bredvid honom. Alfild sov.

Det var en mycket ljus sommarnatt. Det låg en lätt vattudimma över träsket. Man kunde se grantopparna på Ryssholmen, men icke de väldiga mellersta grenarna som likt Guds fingrar sträcktes ut, och icke darrade.

Hur skulle man egentligen kunna bli vuxen.

— Hon skulle nog illtrivas på sjukstugan, sa Sven Hedman senare, just innan han bar mig isäng igen.

Tänk att han bar mig, och inte bara tillsade.

5

Han förtalte mig att han nog inte behövde arbeta de närmaste dagarna. Han kunde vara med Alfild och mig ett tag.

Dimman hängde kvar nästan varje morgon. Den öppnade sig sedan, delade sig, det var rätt hemskt och vackert. Allting jag kan minnas tydligt från den tid när jag var barn är hemskt och vackert. Ryssholmen steg fram när dimman delade sig, som ett skepp på väg mot mig. Det var på väg mot mig.

Jag tänkte på vad som låg där, medan skeppet nalkades mig genom dimman och oavvänt styrde kurs mot mig. Huggormar fanns där också. Granarna var jättelika och oavverkade sedan århundraden.

Det gällde att vara mycket uppmärksam. Det var ganska nära nu.

Sven var duktig på att koka gröt. Det blev jag också. Redan andra dagen började Alfild bli istadig.

Hon hade ju inga svårigheter att gå uppe, men blev orolig för att hon inte fick gå ut. Det verkade som om hon längtade ut till vattnet. Redan på morgonen den tredje dagen hade hon vaknat först av oss, och gått ut barfota bara iklädd de ljusgrå långkalsongerna, som hon tyckte om att sova i.

Vi blev nervösa när vi vaknade och såg att hon var borta, men ingenting hade hänt. Hon satt nere vid sjökanten med händerna i vattnet och såg efter småfisk.

Vi ledde helt lugnt in henne, och då grinade hon en

stund, och nästan Sven Hedman också.

— Du hade en gång en vacker mamma du, sa han plötsligt. Och till detta kunde man ju intet genmäla.

Han var stark, och grov till växten, och åt beständigt snus, men pratade nu alltmer med mig, ibland flera gånger per dag. Jag hade tänkt fråga om han längtade efter Johannes, men ändrade mig och sade intet.

Hur skulle han ha sagt det förresten.

Den tredje dagen tog havregrynet slut. Han sade då: Jag ska åka efter mer havregryn.

Han band fast henne vid sängbenet med Nordmarkstömmarna, och sa att jag skulle vakta.

Det var inget konstigt att vara ensam med henne. Det hade jag ju varit förr. Jag var inte särskilt rädd för det. Jag tror han själv var nervösare. Det såg jag när han tjudrade henne. Flera gånger sa han, helt i onödan, att det inte skulle ta lång tid. Han skulle bara in till Konsum vid Forsen och handla havregryn och mjölk. Han kände på knutarna en massa gånger, det var han noga med.

Sen tittade han på mig, och drog iväg cykeln med ballongdäcken mot spången.

Hon såg frisk och gladlynt ut sedan vi blivit ensamma, men ryckte nästan otålmodigt i knutarna. Hon var lite istörig, och sjöng inte riktigt som förr. Egentligen sjöng eller nynnade hon nästan argt, nästan ont, såg på mig med istadig min och ryckte i tömmarna. Men knutarna var väldigt ordentliga, och gav inte efter.

De var väl gjorda, därför tittade hon ont på mig som om hon varit törstig. Man kunde tydligt se att hon ville dricka. Jag gav henne först vatten i näverskopan, men hon ville inte. Jag berättade sedan hur kort väg det var till Koppra, och att Sven snart skulle komma tillbaka, men då viftade hon med benen och såg nästan istadig ut, som om det varit fullt med broms uppå dem, vilket ju inte var fallet.

Jag visste mig ingen levandes råd. Jag visste inte vad jag skulle säga, men något måste jag ju yttra för att lugna henne, och då sa jag:

— Lugna dig mamma, han ska bara hämta havregrynet.

Hon tittade på mig rätt konstigt. Jag funderade på om jag sagt rätt. Jag hade aldrig kallat henne mamma förut. Men då öppnade hon munnen, och började yla snällt.

Jag gick bort till fönstret och tittade ut över sjön. Så blev hon tyst. Jag vände mig om och då såg hon på mig. Jag vet inte riktigt hur det kändes.

Och så började jag lösa upp tömknutarna vid sängbenet.

Jag ledde ner henne till sjökanten. Det var ingen vass.

Hon tittade rätt gladlynt ner i vattnet och såg efter småfisk. Jag petade med en torrkäpp, och de for fram och tillbaka som tokut. Jag höll i tömmarna. Då böjde hon sig ner, och drack.

Hon råmade inte. Jag var inte rädd.

Sven Hedman kom igen två timmar senare. Då hade jag tjudrat henne vid sängbenet igen. Han såg nog att knutarna var eljest, men frågade inte vad som hänt. Han förstod väl.

Jag sa: Hon var törstig men ville ha sjövattnet. Tog du upp, frågade han. Nej, svarade jag, jag ledde ner henne så hon fick dricka själv.

Och då frågade han intet mer.

Han kokade havregrynsgröten. På natten började hon råma igen.

Jag sov, men blev vaken. Jag gick upp och sa: Hon drack själv av sjövattnet men var alls icke istadig.

Han hade Bibeln framför sig men den var icke uppslagen.

2. Hästens äventyr

> Eeva-Lisa, stora syster
> munnen andas tätt mot bänkens is.
> Månen lägger nät på golvet
> benen rycker som på slaktad gris.
>
> Fisken glider ut ur henne
> Gud förvägrar mig ett riktigt barn.
> Fisken skriker, fisken sprattlar
> det är straffet för ett sådant skarn.

1

Man har gjort Hedmans stor orätt.

Man har gjort Sven Hedman orätt, och man har gjort Alfild Hedman orätt.

Jag var ju så nära att börja fatta. Men så blev hon en häst. Och så togs hon ifrån oss.

Men man har gjort dem orätt.

Hon tyckte inte om att hållas inne hela tiden. Det förstod jag ju, och det förstod Sven Hedman också.

Det var ju sommar. Och gröngräset. Och tallar, och blåbär, och vatten med småfisk. Och ljust hela dygnet. Och Ryssholmen som ett skepp.

Sven Hedman blev lite mer våghalsig efter den gången. Det verkade som om just detta, att jag tagit henne i grimman och lett ner henne till sjölanne så hon fick dricka och se på småfisken, att det gjort honom modigare. Hela våren hade han gått och gjort det han trodde han måste göra med henne. Lagat mat och torkat skiten och suckat. Då blev det väl till sist så, att han inte trodde hon var en riktig människa. Det blev liksom sandpapprat. Han trodde väl inte hon var en riktig människa. Men sedan jag lett ner henne, och vattnat henne, då vågade han mer.

Då tog han ut henne mer och mer, så hon fick andas.

Hon hade långkalsonger och luddor och stickekoftan på sig. Det var kanske lite konstigt, eftersom det var sommar, men luddorna hade lädersulor så de blev inte blöta.

Runt svarthåret hade hon schalen. Alltsammans såg rätt konstigt ut, tills man vande sig. Då blev det helt naturligt, och det var ju också bra för myggen.

Själv blev jag aldrig biten av myggen. Det där beror på vilket blod man har. Sven Hedman blev inte heller biten av myggen.

Vi band fast hästtömmen runt midjan på henne. Så fick hon gå lite som hon ville. Hon drog rätt hårt ibland. Ibland var jag rädd hon skulle dra iväg med mig.

Allting gick så lätt nu.

Det var helt gesvint. Det var konstigt. Alfild drog hårt i hästtömmen eller la sig ner på marken, det var lite happ som haver, ibland sjöng hon, och vi hörde på och hade det fint.

Det var som det skulle vara. Inget att kommentera eller divla om.

Vi hade ingen båt, men jag fiskade ofta trots att det var ganska långgrunt. Jag gick ut från lilludden, ganska långt ut, till över knäna. Där stod jag med käppen med björntråd och brädstickan som kork, och kroken. Det var ju besvärligt att gå iland för att hämta masken, så jag hade masken deri månnom. Det var munnen som var själva maskburken, och man behövde ju inte prata medan man metade.

När tjuvmorten hade ätit masken av kroken drog jag bara upp, och drog ut metmasken ur munnen och satte på. Det var ju lika enkelt som snus, på sitt sätt, och så hade Johannes och jag alltid gjort före utväxlingen.

Vi hade lagt fast Alfild med remmen under en sten och hon satt med luddorna i vattnet och såg intresserad ut. När jag fick upp, då hörde man att hon blev glad.

Ibland småsjöng hon. Man hörde att hon mådde bra. Luddorna torkade vi på brosteget på kvällen i solen.

Det verkade som om Sven Hedman hade börjat tycka det var onödigt att arbeta.

Det var sju kilometer in till byn, så ingen kom hit ut. Vi var alldeles ensamma. Man slapp se det gröna huset också. Sven och jag gick barfota, men Alfild envisades med luddorna. Vi tog henne som hon var, och då blev hon mycket lugnare. Somliga går i luddor på sommaren, sa Sven Hedman, och så nickade han och ingenting mer med det. Det var ju sant också, det kunde vi ju själva se. Vi tog henne som hon var och hon satt där och skvalpade med luddorna och småsjöng, och när jag tänker på det så var det en av de finaste somrar jag haft.

Fast det blev bekymmersamt med provianten. Sven och jag samlades i köket till en överläggning om provianten. Det var förresten inte bara om provianten vi överlade. Det var i köket han sa det där konstiga om Alfild, som jag sedan inte fick förklaring till. Det var som mostern i potatkällarn, med kistan, och brevet som hon läste tyst, och sen fnyste och sa:

— Och det ska han säga.

Och ingenting mer. Man kunde bli vansinnig. Så var det med det som Sven Hedman berättade om Alfild också.

Han sa plötsligt:

— Jag väntade på henne tills hon kom ut ur fängelset.

Jag sa: Varför satt hon i fängelse? Det var orättfärdigt, sa han, för hon förklarade att hon bara velat döda fisken. Jag frågade: Hur länge satt hon där då? Han sa: Jag väntade på henne tills hon kom ut. Hur gammal var hon då, frågade jag. När hon kom ut var hon inte lika fager som när hon kom in, sa han.

Fager, vilket ord.

Vilka vet, frågade jag. Bara vi tre, sa han. Jag tycker du borde veta vilken din mamma var.

Och ingenting mer. Det är klart jag tog illa vid mig. Veta vem din mamma var. Att bara vräka ur sig en sån sak. Och sedan inte berätta mer.

Sedan började han prata om provianten. Man blev ju alldeles vansinnig.

2

Juli var mycket ljus och varm och stilla. Vi nappade bär och jag tjuvmjölkade Albin Häggströms kor som gick utefter landsvägen till Östra. Det var min själ en konst. Sprang de undan skvabbade det ut. Man fick slita för dropparna. Jag höll hämtarn i en hand och mjölkade med frihanden.

En gång i veckan åkte Sven in till Konsum i Forsen, som egentligen hörde till Västra, och handlade mat. Det var mest havregryn.

Han var lite orolig för pengarna, sa han.

På nätterna satt han och jag ofta tillsammans och tjuvläste i Bibeln medan Alfild sov. Det var otroligt vad det kunde stå där ibland om man hade tur. Hade man inte tur, var det som när James Lindgren läste.

Snart kan vi plocka lingon, sa han en natt. Jag förstod att han tänkte stanna länge.

Det var ljust jämt så vi brydde oss inte riktigt om när vi sov. Det fick bli när Alfild inte sjöng. Sven nämnde en dag det där hemska, alltså när dom sagt till honom att han inte skulle vara tjurhållare mer, och detta hade bestämts på byastämman nere vid mjölkpallen. Han hade inte kommenterat, men nämnde det.

Det kom inte fulord från Alfild längre.

Luddorna luktade nu bara sjövatten.

Sven Hedman somnade en natt vid köksbordet, pannan mot träet, så han var alldeles mönstrig när han ryckte till.

Vi började rasta henne inne i skogen.

Det fanns en liten glänta där det varit ett timmerupplag: nu växte gräs upp genom barken och det var öppet och tallskog runt om. Sven Hedman slog ner en påle i mitten, sedan band han ihop hästtömmarna så att de

113

blev kanske fem meter, band ena ändan om Alfild och den andra kring pålen.

Sedan kunde hon gå runt runt alldeles fritt.

Vi satt på en stock och Sven satt med snusdosan i handen och tog av och på locket som för att bjuda men det var ju bara han. Han förklarade att han inte trodde att hon skulle trivas på sjukhuset, hon skulle illtrivas, det var hans bestämda mening. Alfild tyckte om att gå långt i friskluften, hävdade han, det var helt klart, och det kunde ju inte vara bra för hälsan att beständigt sitta där med surluddern och inte göra annat än att se efter småfisken. Jag protesterade och nämnde att hon också var nyfiken när jag fiskade, och en gång hade grävt upp metmasken åt mig ur en korusa, men han gemälde då att detta att rastas här i skogen också var gott för henne.

Det var så stilla och fint. Fåglar var det också. Alfild gick sakta runt runt om mittpålen, hon haltade lite lätt eftersom den andra blodproppen hade tagit lite åt benet också, men gick annars bra. Vi satt där, Sven och jag, och vi var väl alla glada över att hon hade det så bra. Hon var ju inte vacker, men snäll, och sjöng aldrig fult eller ont, och hon hade på sätt och vis blivit en häst. Och sen det hänt hade vi börjat ta hand om henne mer och mer.

Och vi tyckte rätt mycket om henne. Förr hade det varit så hemskt. Nu hade hon blivit häst. Och en häst måste man handha väl, och vårda, och på vintern vara noga med hästtäcket när det var tungt i djupsnön och hon svettades: det var mycket med en häst. Man fick visa stort ansvar.

Varje dag blev vi mer och mer omsorgsfulla.

Sven ryktade håret på henne och jag ledde ner henne

till sjölanne så hon fick dricka och se på småfisken. Hon fick mycket havregrynsgröt med tjuvmjölk och blåbär och åt och sjöng. Hon blev lite fylligare och stod på sig bra. Hon såg egentligen inte alls så infallen ut längre. Nästan ungdomlig.

Sven var noga med att påminna om att hon nog skulle illtrivas på sjukhuset. Därför fick dom inte finnåtna.

Hon sov bra på nätterna. Ibland sprang hon runt pålen, vilt, som om hon hade blivit himla glad. Vi var noga med att torka luddern varje dag, och svepa om henne filten om hon kastade av sig på nätterna.

Och det var som om allting hade fått en mening igen.

De hade kanske förstått. Eller också hade någon sett.

På eftermiddagen den 4 augusti kom landsfiskal Holmberg gående på stigen genom skogen. I sitt följe hade han James Lindgren. Vi satt i gläntan som vanligt, och Alfild gick och råmade gladlynt och hade det bra.

De stod stilla en stund och tittade. Sedan tog de Sven Hedman avsides, och språkade med honom. Sedan lösgjorde de Alfild, och till detta kunde ju varken jag eller Sven genmäla något. Sedan höll de henne helt fast.

Efter bara några minuter försökte hon inte längre lösriva sig. Och så tog de henne med sig, och efterlämnade mig att ta reda på det sista.

Följande dag tog de henne med bussen, först för att föras in till stan. Sedan skulle hon till Umedalen, var det meningen. För att vårdas där, eftersom det ansågs att hon var tokut.

Men icke var hon. När bussen stannade i Forsen för att fylla på vedkubben till gengasen hade hon sagt, eller tecknat, det blev aldrig helt klart, att hon ville ut och pissa. Med tanke på den långa färden hade de då bejakat. Hon hade sedan haltat ut i skogen och försvunnit bakom en buske, och sedermera var hon icke att återfinna. Chauffören hade då eldat full gas och ville inte kallna, utan körde vidare in till Skellefteå, där hon skulle ha tagit Umebussen.

Men hon var försvunnen.

Man letade allmänt. Sven Hedman och jag förstod dock. Sent på kvällen, när det nästan bara var halvljust på grund av augusti, cyklade vi till Melaån. Där var hon.

Hon satt vid sjökanten och såg efter småfisk och var fullständigt lugn men hade inte återfunnit luddorna. Finskorna hade hon tappat. Fötterna såg rent eländiga ut. När vi kom blev hon glad och lyste upp och småhuckrade.

Det gick ju ingen buss förrän nästa dag så hon fick sova där vi var.

Det var sista natten. Sven Hedman satt uppe vid köksbordet med svartbibeln liggandes, men såg bara över till Ryssholmen. Jag hade lagt mig, men steg upp och föreslog att vi skulle tjuvläsa ur Bibeln. Men hur vi än letade fann vi ingenting som var bra den här gången. Det var som förgjort.

Det var mulet och blev nästan mörkt. Sommarn var på sätt och vis slut och vi kunde inte se en endaste holme därute.

De tog henne nästa dag.

De var noga med att hon skulle vara nypissad innan hon åkte, och hon försökte inte ens springa hem igen.

Det var otroligt att hon hittat. Det var ju nästan en mil.

Först kom hon till Umedalen, men sen skickades hon till Brattbygård, mellan Umeå och Vindeln. En månad senare tog Sven Hedman och jag bussen dit för att besöka henne på Brattbygård.

Det fanns många hemska där. Det luktade. Det fanns flera monster, och en med krokodilhud, och flera idioter. Man hade samlat upp alla från Västerbotten. Alfild hade man lagt i en säng.

Hon var alldeles tyst. Svarthåret kammade hon beständigt. Mig såg hon stadigt på, som om hon nästan hade kunnat säga något, men det visste vi ju att icke.

Det var sista gången jag såg henne. Hon fick sin tredje blodpropp den 14 november. Vi gjorde ett enda besök. Det var hemskt.

Man måste ju få det att ha en mening. Annars kan man ju bli rent förtvivlad.

Vi besökte henne en enda gång. På vägen hem i bussen flännade jag lite. Då tog mig Sven Hedman i armen, alldeles under armbågen, lite försiktigt, och till sist slutade jag.

Man gjorde Sven och Alfild Hedman orätt.

Jag tror ibland att jag ett tag var nära att se vad för liv hon hade. För det var väl ett liv. Men jag hann aldrig riktigt.

III. FRAMKOMSTEN TILL ÖN I HAVET

1. Upptäckten av myrstacken

> Eeva-Lisa, mycket stilla
> ser en fisk som fastnat i ett garn.
> Månen glittrar, snö på golvet
> fisken skriker hjälplöst som ett barn.
>
> Fick ej barnet det hon väntat
> nej på golvet är en fisk i snö
> bunden fast vid Eeva-Lisa.
> Skammen stor och mänskans kött ett hö.

1

Det gällde att rita exakta kartor.

Franklinön låg sexton distansminuter söder om Nylands kust; från de yttersta finska skären kunde man urskilja toppen av vulkanen. Rök syntes ibland. Ingen besökte den, av fruktan för de döda ryssar som där låg begravda, och av rädsla för huggormarna som där fanns i riklig mängd.

Ön låg på latituden 61,15 grader nord men longituden var ej uppmätt. Det kan förklara att det tog så lång tid att återfinna den. På ön växte granar, oavverkade sedan hundratals år, de var jättelika, grenarna upp till trettio centimeter i diameter. Man kunde gå långt ut på dem. När vulkanen mullrade darrade grenarna, som Guds fingrar.

Men man såg långt när man klättrade ut på dem.

Där, i vulkanens vattenfyllda kärna, fick Nautilus sin sista hamn. Farkosten flöt stilla i vulkanens inre, och där hade Johannes gömt sig för att i biblioteket försvara sig.

Nyland med sina palmer, ofta ogenomträngliga djungler och farliga sandloppor, och där Eeva-Lisas mor under sina sista timmar, förlamad och hjälplös, blev angripen av råttorna, detta fastland varifrån så många av mina käraste kommit, och som jag både drömt om och fruktat, dit skulle jag aldrig komma att återvända.

Men utanför kusten fann jag ön, Nautilus sista hamn, där han tagit sin tillflykt till kapten Nemos bibliotek.

"Har inte fienden funnits, måste man återskapa honom", skrev han på ett av sina meddelanden.

Det var som ett litet leende, nästan spefullt men ändå vänligt. Det var som om han velat säga: Där är det, nu måste du lägga ihop. Och när du lagt ihop ska du lämna farkosten, öppna vattentankarna, och låta fartyget sjunka. I hela ditt liv har du och jag undvikit detta. Men nu ger jag denna kunskap som en gåva. En stensäck att bära med dig resten av livet.

Lägg alltså ihop, om du hinner.

Behändig?

Under hans sista timmar betraktade jag honom intensivt. Behändig? Snarare som den oåtkomliga delen av mitt liv, och då är väl behändig inte rätt ord.

Likkorten. Pappas notesblock. Det dödfunna barnets återkomst.

Levande Johannes, döda jag. Eller kanske tvärtom.

Tusentals lappar. Ett ganska konstigt bibliotek, i så fall.
"Eeva-Lisa strök bort mitt liv när jag strök bort hennes. Om man stryker bort liv är man offrets bödel. Men om båda?"
"Men om döden, om döden vet du ingenting. Ingenting!"

Det vackraste mänskliga: att leva som monster, långt ute, och vara den som gör det mänskliga synligt. Den sammanväxte på Brattbygård.

Alfild hade ju blivit häst, ändå blev Sven Hedman som tokut när hon dog. I yttersta fara och beråd kanske man växer ihop. Och dog den andra så var man ju sammanväxt med ett lik.

Var det därför man skulle ställa upp likkorten på byrån?

2

Den stora synden kom varje långfredag in i byn när Jehovas Vittne kom försäljande trots att Frälsaren led på korset och alla skulle sitta stilla och känna efter hur hemskt det var.

Den lilla synden kom med Eeva-Lisa. Hon hade kanske dolt den i kappsäcken. Den lilla synden var egentligen en så fin tanke: att Johannes inte skulle bli så nervös. Och att Josefina skulle återfinna ett barn som hon en gång förlorat. Och därför förbarmade hon sig över Eeva-Lisa.

123

Men barn växer ju upp. Och bär de syndens smitta i sig så tycks de bli människor. Det är ju därför människor är så konstiga. Fast det förstod nog inte Josefina, och inte byn. Nej som en syndens farsot växte det lite tattarlika i barnet, fast det sagts från socknen att hon alls inte var tattare, utan snarare vallon, men härstammade från djungelriket Nyland, som sades ha palmer och hemliga sjukdomar och apor som klättrade i träden, och där man inte förstod att strax utanför fanns den hemliga ön, med vulkanen, på vilken det växte storgran med grenar som Guds fingrar och med en vulkantopp som liknade Bensberget och på vintern övertäcktes av snö och snöljus och där man kunde gå med luddor uppöver bergets sida på skaren, och allt var fullständigt rent.

Jag såg henne första gången en dag i oktober.

Det hade frusit. Hon och Johannes hade tagit med sig skridskorna, som farfar gjort, och gått ner på isen. Farfar hade gjort skridskor åt mig medan han var farfar, han var ju bysmed, det kunde han. Det var en träsula och så hade han lagt in en kroku-skena av smidesjärn med knorr längst fram, och sen gett mig på födelsedagen. Men som jag aldrig hunnit använda.

Sedan hade de ju övergått till Johannes, det var helt naturligt.

Jag såg dem uppifrån vägen. Eeva-Lisa hade Josefinas sparkstötting, brodden påsatt, Johannes hade skridskorna och de tjoade. Hela sjön var täckt av nyis men de höll sig intill sjölanne, utloppet var öppet och där var kanterna gula, som vanligt. Jag stod uppe på vägen under Hedmans och tittade. De var som små myror, fast Eeva-Lisa var större.

Efter en timma gick jag in. Det var första gången jag såg Eeva-Lisa.

När jag kom hem igen, om jag kan säga så, började jag tänka rätt mycket på hur Eeva-Lisa var. Jag tänkte hela kvällen. Man kunde ju inte se så mycket på så långt håll, och Hedmans och jag hade inte velat gå i böna den närmaste tiden efter utlämningen eftersom de tyckte att folk tittade. Men fast jag inte sett henne nära, var det ändå lätt att föreställa sig hur hon var.

Hon hade bleka kinder, vackra lite sneda mörka ögon, ansikte som en katt och böljande svart hår som hon hade uppsatt där bak i en svans. Och ingenting av det jag senare såg fick mig att ändra på den bilden, som visade sig vara den helt riktiga.

De tycktes leka mycket.

Jag började spionera på dem eftersom jag tyckte det var viktigt att veta hur mycket de lekte. När det blev vår blev det lättare, för då fanns det ingen spårsnö. Efter maj kom den där sommaren när Alfild blev häst, men i september återupptog jag spaningarna.

Jag tror hon förstod att man måste försvara grodorna, för jag såg henne aldrig hinka ut.

Första gången jag såg dem nere vid spånhyveln var det sommar. Det var kanske maj. Jag kan inte minnas någon snö. Augusti? De satt nere vid tvättbryggan där jag brukade tvätta blodiglarna, det var där vattnet var svart och man inte kunde bada på grund av blodiglarna. Jag gick förbi på bron. De satt på bryggan. När jag gick förbi blev de tysta, men Eeva-Lisa såg upp. Jag blev helt säker på att hon såg ut som jag tänkt mig det.

Jag unnade helt och hållet Johannes att sitta där. Missunnsamhet var enligt profeten Hesekiel nästan en dödssynd. Det sa jag ofta till mig själv de närmaste åren. Men det var ändå svårt för mig de gånger jag gick förbi dem där de satt på bryggan och småpratade och tystnade när jag kom, och Eeva-Lisa tittade upp.

Man kunde tänka sig att man var en blodigel. Det kunde man tänka sig ibland. Man skulle ligga nere i bottenslammet, hoprullad, men sen börja röra på sig, och veckla ut sig, och sen börja simma uppåt. Helt enkelt som blodiglar simmade, med böljeliknande rörelser. Och så nådde man vattenytan, och såg deras skräckslagna och förstummade ansikten. Helt häpna skulle de bli. Sedan skulle man vända, utan att säga något och utan att ändra en min, och simma bort och nedåt, och till sist borra sig ner i dyn igen.

Men det fanns ingen rättvisa. Somliga var ensammen, andra fick sig tilldömt både hus och Eeva-Lisa och katt, och i somliga fall hund. Varför fanns det ingen rättvisa.

Det var Guds förtjänst. Och Människosonen var som en halvtjöling som drog bälinga efter Palestinas vägar och armest hade tid till någon annan än dem som redan icke voro ensammen.

Det var det att hon *anförtrodde* sig åt Johannes. Det gick man ju miste om. Och han förstod icke att tillvarata de anförtroenden hon gav honom, eller rätt förvalta dem.

Ser man efter i biblioteket ser man hur mycket hon

anförtrott. Hon har tydligen, för honom, berättat om kalvkätten. Fast han har inte förstått det hon säger.

"De två åren hos Elon Renmark i Långviken ville hon helst inte berätta om, men uppmanad därtill lämnade hon i småpratets form en redogörelse. Hon hade varit elva år när hon kom till Renmarks, som förbarmat sig över henne, och tretton när hon lämnat. Det hade varit en rejäl familj. Elon Renmark var stor till växten, hade ett kraftigt humör och grät ofta häftigt. Han var mycket känslig och slog därför sina barn ofta, men skonsamt och kort. Han grät av raseri eller rörelse: han berättade till exempel ofta en historia om hur en bror till honom, under en begravningsmåltid för Renmarks första hustru som dött i kräftan, hur denne bror hade som dessert fått ett syltat päron. Det var vid gravölet. Det syltade päronet hade legat i sås. Med skeden hade då brodern försökt lyfta päronet mot munnen, men det hade halkat ner från skeden, och då han försökte jaga rätt på det syltade päronet hade det varit slipprut som en oskodd häst på sjöisen, det hade inte gått. Han hade förgäves jagat över hela gravölsbordet medan gästerna oroliga hade betraktat jakten. De hade blivit alldeles häpna och lamslagna. Bordet hade blivit helt ostädat och päronet ganska slamsut.

Hustrun hade dött i kräftan och haft ont i flera månader och rålat högt på slutet, och historien var mycket dråplig. Elon Renmark i Långviken hade den läggningen, att när han berättade den historien började han häftigt att skratta under våldsamma tårar. Hela ansiktet blev blött. Han ansågs ha lätt till tårar och vara en god historieberättare. Han slog sina barn för att de skulle lära sig, men hans hjärta ansågs mycket gott och han var känslig av naturen. Så var han till exempel när han berättade roliga historier.

Han var lättomtyckelig eftersom han hade starka känslor och hade lätt till tårar, och det var av kärlek, ansågs det.

Hans största fritidsintresse var att, på socknens uppdrag, vakta på tjuvskyttar, särskilt av älg, men blev fråntagen uppdraget, dock ej bössan, när han skjutit efter en misstänkt jägare och helt obetydligt sårat Fritz Hedlund från Gamla Fahlmark i axeln. Hedlund hade förklarats oskyldig, men man fick ju tänka vad man ville.

På det sättet hade dock hans största fritidsintresse förmenats honom. Han hade redan från början inte alls tyckt illa om Eeva-Lisa, men det hade kunnat missuppfattas.

Elon Renmarks bodde i Långviken och hade fyra barn, alla pojkar, och på sätt och vis hade han för pojkarnas skull ångrat att Eeva-Lisa var flicka. Om detta ville hon inte särskilt uppehålla sig. En natt, ungefär ett år efter att hon kommit till Renmarks, hade hon fått häftig tandvärk. Hon hade legat vaken hela natten och inte kunnat hässja som förr nästa dag. Det hade mest blivit att räfsa efter dikesrenarna eller stå och hänga och flänna. Nästa natt hade hon inte heller kunnat sova, och ropat högt ibland, och följande morgon hade Elon Renmarks andra hustru, som var lugn i sättet, den första hade dött i kräftan men varit häftig till sinnes på slutet, hon hade cyklat in med Eeva-Lisa till tandläkare Östlund i Bureå för att få lugn i huset. Östlund var ursprungligen från Mjödvattnet men hade lärt till tandläkare i Stockholm och hade gott anseende eftersom han var snabb i händerna.

Han var också känd för att ha en dödskalle stående på ett skåp, där man kunde se att alla tänderna var oavverkade. Det var liksom en förebild. Man brukade säga att det var den enda oavverkade käften i det rummet.

Eeva-Lisa hade fått sätta sig i stolen och Östlund hade tittat. Han hade varit mycket missnöjd med hennes tänder, men ändå frågat var det tog ont. När hon pekat hade han nickat bekräftande, och sagt att så måste det bli. Sedan hade han tagit tången och dragit ut den misskötta tanden som gjorde ont, och samtidigt ytterligare tre misskötta tänder innanför som säkert också snart skulle göra ont. Det var ett måste, hade han sagt, fast varken Eeva-Lisa eller Elon Renmarks andra hustru, som var lugn i sättet, kanske hade tyckt att de var så misskötta.

Hon blödde mycket medan de cyklade hem, men till Långviken var det ju bara tolv kilometer.

Det slutade inte blöda trots cykelturen. Hela dagen blödde det, och hon gnydde så pojkarna och Elon Renmarks andra hustru inte längre blev som lugna av sig. På kvällen hade Elon Renmark blivit häftig, nästan så att han började gråta, som när han berättade historien om brodern och syltepäronet vid den första hustruns begravning, och nästan snyftande rutit åt henne att sluta råla. Så hade kvällen förflutit. När alla skulle gå och lägga sig blödde hon fortfarande, och Renmarks andra hustru, som var lugn i sättet, hade blivit orolig för blodet och sagt att madrassen kunde förfaras.

Då hade han tagit henne vid armen och lett ut henne till kalvkätten där det fanns mycket torrhö, och där hon ju kunde ligga i natt om hon ville.

Hon hade legat hela natten i kalvkätten. På morgonen hade Elon Renmark gått upp mycket tidigt och gått över till kalvkätten och stått länge och tittat på henne. Sedan hade han lett ut kalven och kommit tillbaka och inte sagt något.

Det var nästan enda gången hon mindes att han sett behändig ut.

Hon hade varit alldeles som slut i kroppen den morgonen. Munnen kändes konstig och tom. Hon hade skämts för att tänderna var så dåliga, och att Östlund fick dra ut eftersom de misskötts. Ett år senare fick hon ju hela överkäken utdragen av tandläkare Östlund och fick lösgom. Hon var då tretton år.

Det var så det gick till den gången när hon låg i kalvkätten. Hon hade inte tyckt illa om Elon Renmark, men han var häftig och snar till tårar och det var väl därför han slog pojkarna. Henne hade han aldrig slagit. När han kom ut till kalvkätten på morgonen hade han sett behändig ut.

Så hade det gått till när Eeva-Lisa hade fått lösgom uppe."

Det syntes inte på Eeva-Lisa att hon hade köpetänder.

Jag tror han ljuger. Hon hade inte köpetänder. I så fall borde man ha sett det. Hon hade däremot ett vackert och lite återhållsamt leende.

Det är sanningen. Hade man köpetänder, kunde man se det. Allt annat är förtal.

3

Biblioteket: en av de första antydningarna om det som skulle komma.

Han nämner mig inte med ett ord. Han har övertagit det gröna huset. Det är som att höra en bit av sig själv lugnt och nästan föraktfullt tala om en annan som om han inte fanns. Den ursprungligt rättmätige. Och blundande för det faktum att han var inbytt, att jag fanns bara en halvkilometer därifrån. Att allt detta egentligen var mitt, men att jag blivit nedstörtad från det gröna husets himmel.

Jag citerar det i sin helhet.

"Uppe i backen ovanför det gröna huset låg uthuset med vedbod och skithus, eller dass, som vi tillsades att säga. Dasset var det ställe där man kunde läsa Norran i fred, och det var sammanbyggt med vedboden. Det låg ganska högt: öppnade man dörren kunde man se ut över hela dalen, och sjön. Där kunde man sitta länge och höra hur korna råmade.

Uthuset var uppdelat i två delar, med en tunn vägg emellan: den ena delen vedbod, den andra delen dass. Sanfrid Gren i Västra Hjoggböle hade som enda i byn två skithus: dasset uppdelat i två avdelningar. Och blev känd för det. Det var inte för att han var frälst som han hade två, det var ju alla, men hans far, som byggt skithusen, hade försökt verka välmående. Två skithus var ett tecken på att inte vara småbonde. Det kunde man ju planera när man byggde, utan att behöva vara rik: virke fanns det ju gott om. Man byggde två skithus och hoppades att Gud skulle ge rikedomen. Sen fick det bli hur det ville.

För Sanfrid Gren hade det blivit lite som det ville

sen, han hade fått barnförlamningen och blivit skomakare och hade varit i förhör med landsfiskalen om det där med grannpojken från Burstedts som fått dra ner byxorna. Men sedan han kommit hem blev han tystlåten och satt där bara med lambenen och hängde med magan och ägnade sig åt att göra luddor. När man tänker på det var det många i byn som blivit tystlåtna. Var det inte det ena så var det det andra.

I alla fall hade han två skithus.

Det var förhävelse att ha två skithus, brukade James Lindgren, som läste ur Rosenius, säga. Och förhävelse straffades av Gud. Och då hjälpte det inte om Människosonen var förebedjare och sa till Gud att gulle dig.

Så illa kunde det i alla fall gå om man byggde två skithus.

Jag stod, vid det tillfälle jag nu tänker redogöra för, mellan asparna där Josefina hade hängt tvätten, också de stickade som hon kallade "dockhängmattor" och som hon inte vidare ville förklara trots att vi ju inte hade några dockor. Då såg jag Eeva-Lisa gå uppefter stigen.

Jag hade kanske tänkt på det förr. Men nu bestämde jag mig på en gång. Det berodde nog på att jag tänkt förr. Det var mest på skoj, men jag blev ändå nervös. Helt tyst gick jag efter henne upp till baksidan av vedboden, och gick in i den genom bakluckan. Det var ingen snö, utan mitt på sommaren, så man kunde inte se spåren. Asparna var också nervösa, men det var dom ju ofta, det var inget att fästa sig vid.

Jag hade smärtingskor.

Jag hörde hur hon liksom bökade med tidningarna där inne i skithuset, hon letade väl i högen av Norran efter en Karl-Alfred hon inte läst. Det var ingen bakvägg bakom tunnan, det hade jag ju tänkt på innan. Det var sågspån på golvet i vedbon så jag var tyst och hade ju dessutom smärtingskor. Jag bultade rätt kraftigt i hjärtat men det hördes ju inte, så för den sakens skull var jag inte nervös.

Det var bara Eeva-Lisa och jag hemma. Josefina städade på folkskolan i Västra den dagen, för det var skurning innan dom skulle börja. Hon höll på med det.

Jag såg hålet, som var det vänstra, och såg att Eeva-Lisa satte sig där. Det var liksom runt när man såg hennes stjärt. Jag ska aldrig glömma det, för jag hade ju funderat lite på det förut. Men nu fick man ju äntligen se.

Jag hade alltid undrat hur hon såg ut. Det var mycket runt, egentligen som jag trott det skulle vara, fast kanske ändå vackrare. Det var väl egentligen inget ont i att titta, och vackrare än jag tänkt nästan, fast synd var det säkert. Frågan var om det var en dödssynd, som att gå i nattvarden utan att vara frälst, alltså en dödssynd som Människosonen inte ens kunde förebedja om, och som gjorde att man brann beständigt. Jag kanske hade gjort det även om det varit en dödssynd, så mycket hade jag ju tänkt på det, man blev nästan som tokut. Men nu var det i alla fall precis så runt som jag tänkt det, fast ändå vackrare.

Sedan såg jag hur hennes stjärt försvann ur hålet sedan hon kissat. Jag stod kvar och andades med öppen mun så det inte skulle höras.

Och så, plötsligt, kom det hemska.

Jag såg håret hennes, det svarta långa huvudhåret som var så vackert, hur det liksom sänktes ner genom hålet. Och sen hela huvudet, försiktigt. Och hur hon vred på huvudet och såg rakt på mig. Jag stod bland huggeveden med fötterna i sågspånen och var som en saltstod och kunde inte röra mig.

Vi såg på varandra en helt kort stund. Ingenting sa vi. Sedan drog hon försiktigt tillbaka huvudet igen, och jag hörde hur hon la på trälocket. Hon prasslade som om hon la ifrån sig en tidning. Hon öppnade dörren, och stängde den igen. Hon gick ut.

Men hon gick inte till baksidan.

Efter kanske bara en halvtimme — det kan ha gått fortare — gick jag ut genom bakluckan igen, och ner till huset. Hon satt på trappan och väntade på mig. Hon sa ingenting, men tittade snällt på mig. Det var nästan som om hon log snällt, men hon log inte, och det var ju bra.

Sedan gick hon in. Josefina kom tillbaka från städet. Efteråt sa Eeva-Lisa heller ingenting om det, aldrig någonsin, men såg snällt på mig ibland. Jag tror att det på sätt och vis var den första hemlighet vi hade tillsammans. Jag frågade aldrig vad hon tänkte, men när man får en hemlighet tillsammans, en som först var så hemsk att man nästan dog fast den var så liten, då växer man ihop lite. Och då är det aldrig som förr. Och sedan kommer de andra hemligheterna."

Han har strukit över några av meningarna. Men man kunde läsa det ändå.

Det finns en annan sida nerskrivet om samma händelse. Där försöker han skämta till det mer, som när man ska till att ljuga riktigt ordentligt.

Jag såg dem en gång på ganska nära håll när jag följde med Sven Hedman som skulle sätta in ny kamin i bönhuset.

De visste inte att jag såg. Jag stod innanför bönhusfönstret. De gick runt nyponhäcken, ner mot kallkällan, och Eeva-Lisa bar hinken i handen.

När man tänker på någon nästan jämt, då är det som att ligga i en myrstack, det är hemskt, man föreställer sig, man liksom fastnar som på en tjärustick, det går bara runt runt, just för att det är så hopplöst, man kan inte tänka på annat, man vet hur hon går och skrattar, och det är en plåga. Varför måste det vara en plåga. Man tänker på allting hos Eeva-Lisa, från avbitenaglarna till munnen. Och om man ska göra annat, som att laga maten till exempel, eller göra nånting, vadsomhelst, då är man fortfarande som en lus på en tjärustick, nej en lus dör ju, men själv är man ju tvungen att leva kvar, och man tänker, man tänker, men det är en plåga. Man fattar inte att det kan vara så hemskt. Man vaknar och det är hemskt, och man sover och det är bra för då får man ju röra vid henne, och småprata, men sen, värst är det när man är vaken.

Bara hon inte hade kommit.

Jag menar: man blir som tokut. Fast det är ju bara att

man tänker, man borde inte tänka, det blir som i en myrstack.

Man ser henne långt bort, på andra sidan bäcken, och man kan ju inte gå över och prata ens en liten pelagrut, för man tror det syns på en att man ligger i myrstacken. Och man önskar att hon aldrig hade kommit, för det är som att upptäcka en myrstack inne i sig, och då finns den där, då blir man aldrig aldrig fri om den finns inne i en, och man är bortvisad, och aldrig får man sitta åtill henne, utom den gången med tulpanerna på klänningstyget, och till sist i vedbon hos Hedmans, men till exempel aldrig i älgtornet; nej inte där, inte där.

Jag tror att jag hade klarat utbytningen, nästan, bara hon inte hade kommit. Hon var ju så behändig. Bara hon inte hade kommit.

Jag får ont i huvudet.

När jag har ont i huvudet tänker jag på djuren för att det ska ta slut. Katten som sket på järnspisen, att den hade hoppat efter en humla innan den blev bortskickad. Fågelungarna som inte fattade att vi ville värma dem över natten med löven, utan dog, fast det var väl inte vi som mördade dem. Grodorna i kallkällan, där jag var djurvårdare och försvarade dem. Kalven i kalvkätten som fick Elon Renmark att se behändig ut. Hästen som gick runt runt och mådde bra.

Har jag glömt något? Säkert. Fågeln mellan fönsterrutorna, och mycket annat också.

Jag stod inne i bönhuset och hörde Sven Hedman böka med järnkaminen. Jag stod så tätt intill fönstret, som om jag inte alls var rädd att de skulle se mig. De gick runt nyponhäcken och försvann.

Fåglarna i rönnen, det glömde jag. Eller om det är lyckoträdet jag glömt.

"Har inte fienden funnits, måste man återskapa honom."

Ja, det kan ju han säga.

2. Fienden avslöjas

> Tar då fisken runt om halsen
> slår hans huvud stilla mot en vägg.
> Fisken skriker, månen lyser
> fiskens huvud knastrar som ett ägg.

> Gud, låt fisken tiga stilla
> så att ingen ser och hör min skam.
> Låt nu fisken sluta sprattla
> sluta vrida sig uti min famn.

1

Efteråt borde jag ha tänkt: det är konstigt med det som händer. Man får en smäll, men ingenting är ohjälpligt. Ibland är det så hemskt att man bara vill dö, men då allting är som hemskast vet man ju att man ändå på något sätt lever. Det känns ju. Det bränner till, och blir kvar, som en liten brinnande punkt av smärta. Och då lever man ju om man inte slarvar bort det.

Man behöver ju inte tro att allting är så lyckligt, bara förstå att det gives alltid något bättre än döden. Och så ska man behålla det som gjorde ont. Ingen mening i att krypa undan, och glömma, som både jag och Johannes gjorde. För vad har man då kvar. Om man inte behåller, då har man ju intet kvar. Och då finns det inte nån mening i nånting alls av det som gjorde ont.

Då hade det bara gjort ont. Helt meningslöst. Och då var man bara en helt meningslös människa.

Det är kanske det som gjorde ont som är beviset på att man blev människa.

Jag kommer ihåg liknelsen från Johannesbrevet i Nya Testamentet, ett av de ställen Sven Hedman och jag fann den natten i Bibeln.

Liknelsen är denna. Det är Jesus som berättar liknelsen om åsnan och den tomma honungskrukan.

Åsnan Ior, berättar Jesus för sina lärjungar, skulle fylla år, och för att glädja åsnan kom åsnans två kamrater, Nasse och Nalle Puh, de kom på att ge var sin födelsedagsgåva till Ior, som var rätt tystlåten och tankfull och ofta suckade tungt. Därför köpte grisen Nasse en ballong, och Nalle Puh en kruka honung till sin vän. På vägen till Ior blev dock Nalle Puh hungrig, och smakade av honungen, som var god; och innan han kommit fram var honungskrukan tom. Grisen Nasse sprang ivrigt vid hans sida med ballongen i famnen, men snubblade plötsligt och föll, så att ballongen sprack och endast blev till en tomslarva.

När de kom fram återstod endast en tom honungsburk och en sprucken ballongslarva.

När de överlämnade sina gåvor berättade de två vännerna skamset för åsnan Ior vad som hänt. Ior betraktade då en stund gåvorna med sin vanliga sorgsna blick, och de två vännerna visste sig ingen levandes råd av sorg och skam. Men då tog åsnan ballongtrasan och lade den i krukan. Och sedan tog den, efter en stunds eftertanke, ånyo trasan och lyfte den ur krukan. Och så lyfte den in trasan igen. Detta, sade sedan åsnan Ior med glädje till sina vänner, är en mycket praktisk kruka att ha saker i. Och denna slarvuballong är en sak att ha i denna praktiska kruka.

Och de förstodo plötsligt, att det som de trott vara intet nu var något, och de blevo mycket glada.

Det var liknelsen om åsnan och honungskrukan. Man får en smäll, men ingenting är ohjälpligt. Man behåller det som gjorde ont, och så är det mer värt än lyckan.

Så var det med Bibeln. Man kunde finna, om man sökte. Och då hjälper det en över det som är svårt. Alltid är man ju en tom kruka, eller trasig ballong, vilket kan vara mycket värt, berättade Jesus för sina lärjungar.

2

Sedan Alfild blivit häst och bortflyttad och dött på Brattbygård bodde jag ensam hos Sven: och det hände sig vid ettiden på dagen den 4 juni 1944 att Johannes, som jag sett ofta men aldrig lekt med på grund av Eeva-Lisa, att han kom fram till mig på långrasten och sa till mig att skynda mig med margarinsmörgåsen och mjölken och komma bakom skolan, där vedkapen stod. Skolan var en B-2:a.

När jag gjorde som han sa var han tyst av sig, men sa att han ville tala med mig på söndag efter högmässan. Jag skulle möta honom i skogen ovanför dasset till det gröna huset. Han skulle visa mig något, sa han, men ville inte säga vad det var.

Man ville ju inte säga nej. Så man nickade bara och frågade inte mer. Han förtydligade då och sa: Om du skynndej efter böna så blir du först.

Det var ju konstigt, men jag nickade, och då gick han.

Svartcirkeln efter valborgsmässobålet var rundbränd ännu och gräset hade inte hunnit upp. Johannes satt på bönhusvedbänken längst bak, han smet först. Jag var ensam, för Sven Hedman var nu nästan den enda i byn som höll sig borta från Frälsaren, vilket tyddes mycket olika men inte sågs med glädje. Jag gick fort.

Han väntade när jag kom.

Han hade flanellskjortan och kortbyxorna på sig och jag kände igen skjortan men ville intet säga. Då jag kom, nickade han bara uppöver vägen, som snarare var en bredstig och som gick uppefter Bensbergets framkant, och ville tydligen att vi skulle gå uppöver. Och så gick vi.

Skogen kände jag väl. Den kunde man observera från. Och där kunde man dölja sig för fiender.

Jag hade en gång ritat upp skogen nästan lika noga som det gröna huset. Det var viktigt att rita kartor. Alfild hade lärt sig rita karta över Sverige av mig, med Hjoggböle utsatt, den gången hon höll på att bli häst. Hon hade ritat kanske tio femton stycken, men om jag inte satt ut punkten med Hjoggböle hade hon blivit arg och råmat. Det var viktigt att sätta ut, annars blev hon inte lugn och kunde inte rita. Jag ritade kartor över nästan allt, mest träsket med holmarna utsatta, och det var noga med Ryssholmen där jag aldrig satt min fot, beroende på ryssarna och huggormarna: den var extra noga ritad med inkräktarnas vik och vulkanen och stigen förbi passet med den nedstörtade klippan och allt det andra.

Skogen ovanför det gröna huset hade jag också inritat många gånger.

Från bönhuset gick det en väg, mest stig kanske, och den blev smalare och smalare, och helt enkelt en stig. Johannes gick före mig, utan att med ett ord eller en åtbörd avslöja sina avsikter. Han var ljus i håret och hade flanellskjorta och smärtingskor. Josefina hade väl sytt om skjortan, och tagit ut, så att tyget inte skulle förfaras. Jag tittade på hans öron bakifrån. Dem hade man ju läst mycket om i tidningarna, sades det i byn på skämt, inga öron voro så väl granskade av doktorer och Högsta Domstolen som dessa öronvindlingar på Johannes och mig.

Jag hade också smärtingskor. Precis likadana. Men dem var det ingen som fäst sig vid. Det är skillnad på likhet och likhet.

Han gick fort, och då och då vände han sig om, men tittade egentligen inte efter mig. Det var som om han såg bakom mig. Men där fanns ju inga.

Jag frågade till sist vad han tittade efter. Han svarade inte. Nästa gång han vände sig om frågade jag igen. Han svarade då, medan han såg rakt fram:

— Fienden.

Man kunde ju tro att han lekte, eller blivit tokut. Men jag hörde ju på hans röst att han var som ganska allvarsam. Och tokut var han inte. Det visste jag ju, för då skulle det ha sagts på byn om honom som om Ernfrid Holmström, som en gång blivit tokut och fått skjuts till Umedalen. Han hade blivit tokut, ingen tvekan. Det blev känt i hela byn genast. De hade surrat fast honom i finrummet på en stol, det var nödvändigt trots att han bara var tjugofyra år och allmänt omtyckt för sitt försynta sätt. Man hade varnat alla kvinnor i byn som voro havande för att se på honom: då skulle barnet i modersskötet få eldsmärket i pannan. Men det var bara Malin Häggström som var havande, och henne höll man undan, det var inget problem. Ernfrid Holmström kom tillbaka från Umedalen efter ett halvår och var helt som vanligt. Malin Häggström födde också ett vanligt barn utan eldsmärke fast hon varit orolig även om hon var undanhållen.

Men Johannes var i varje fall inte tokut. Det är klart man undrade i alla fall.

Vi gick fort uppåt berget, jag svettades till sist, men ville ju inte bli efter som en annan gammhäst. Vi gick uppåt och uppåt. Men bara tvåhundra meter före toppen, där älgtornet stod, pekade Johannes inåt under klippbranten, pekade på grottmynningen och sa:

— Gå in.

Och det var ju de döda kattornas grotta.

Det hade funnits tre kattor där, alla döda. Den första hade ätits ganska ren. Det var nog en kattflicka, för hon var så vacker. Hon hade så vitt och vackert huvud. Henne hade vi lutat upp mot väggen, alltså mot den inre grottväggen, så hon kunde se genom grottöppningen ut över skogen och ner över byn. Det var ju viktigt med utsikten när man var död. De andra två, som inte var så renätna och ganska otrevliga att se på, hade vi begravt under jordgolvet, inne i grottan.

Men det hade skett före utväxlingen, då när vi var mycket tillsammans. Det var ju fem år sedan. Det konstiga var att kattflickan var kvar, precis som den gången vi stöttat upp henne. Nu var hon alldeles renäten, och ändå vackrare än förr. Hon satt och tittade ut över skogen och dalen och såg bara lugn och behändig ut.

Johannes satte sig med ryggen mot väggen vid ingången. Han var så allvarlig att han nästan verkade nervös.

— Jag tyckte bara du skulle veta du också. Dom kommer hit varenda söndagseftermiddag efter böna, och dom kommer nu snart. Det är när böna är över.

Jag förstod inte ett dugg, så han sa förklarande:

— Jag förstod det var nånting konstigt, för han kom ända från Västerböl och han var väl inte den som gick i böna förr. Och inte här. Så det var nånting konstigt med det.

Han nickade eftertryckligt.

— Vem? sa jag.

— Fienden, sa Johannes.

Det syntes nog på mig att jag intet förstod. Så han sa förklarande:

— Han tar Eeva-Lisa med sig och dom går på stigen här. Och så går dom upp till älgtornet. Det är hemskt.

Kattflickan tittade lugnt ut över dalen och såg behändig ut. Man undrade ju om hon hört, men hon låtsades som ingenting. Det gör man förstås när man är död, det är naturligt. Jag tänkte så mycket jag kunde, men fattade inte.

— Går hon med alldeles frivilligt? sa jag och hoppades att han skulle säga nej, för då skulle jag inte förstå nånting alls och då var det kanske en lek.

— Dom går och snollar, sa Johannes. Jag ville säga det till dig, för jag har sett att du bevakar.

Han hade sett. Eller kanske Eeva-Lisa hade sagt något. Jag glodde bara på den döda kattflickan.

— Du är den enda jag ska säga det till, sa han, för vi måste försvara Eeva-Lisa.

Då förstod jag. Och jag nickade, för det var ju självklart, det var lika viktigt som grodorna. Och sen dröjde det bara en minut innan vi såg dem komma.

Jag kände genast igen honom.

Han bodde kanske två kilometer bort i Västra men var känd, han spelade centerhalv och var allmänt omtyckt, nästan som en förebild för de unga, sa man, fast det var inte säkert att han var frälst, för dom i Västra var ju mindre troende än vi som bodde i Sjön. Johannes hade rätt, det var mycket konstigt att han börjat gå i böna i Sjön. Han var rätt storväxt och hade en befriande spark som räddat laget många gånger när det var i trångmål. De passerade bara tio meter nedanför de döda kattornas grotta.

Det var honom Johannes kallat för Fienden.

I Västra hade man börjat sparka fotboll för flera år sedan, då någon kommit på att stampa ihop en papperskula av sidor ur Norran och surrat runt med snören; och så hade man fortsatt sparka tills man fick en riktig boll och börjat spela. Lars-Oskar Lundberg hette han och var i tjugofemårsåldern, blev centerhalv på grund av sin befriande spark och var känd i flera byar, fast i Sjön blev de yngre tysta om honom när någon vuxen hörde på, eftersom fotboll ju var syndigt. Det var nog därför Johannes anat oråd när han börjat gå i böna i Sjön.

Hos oss i byn spelade man aldrig fotboll, av naturliga skäl, och frånsett det religiösa så ville man ju inte ha lägdorna nedtrampade.

Jag glömde med en gång att han var allmänt omtyckt, och började tänka på honom som Fienden. Han höll Eeva-Lisa lite tafatt i handen och pratade så lågt att man inte kunde höra. De såg inte upp mot grottan. Hon hade finklänningen på sig, den med tulpaner.

Så hade de gått förbi. Vi lämnade tillsammans de döda kattornas grotta, och följde försiktigt efter dem.

De såg sig aldrig om. Jag tror inte de kunde föreställa sig att de var förföljda. Då de försvann bakom en krök tog vi det försiktigt fram till nästa, men eftersom Johannes visste vart de var på väg var vi aldrig oroliga. De höll varandra i handen nästan hela tiden.

Det var hemskt. Jag vet inte vad det var som var hemskt. Det var som mostern nere vid bussen, hon som gett en kram, fast Eeva-Lisa sett på. Det var också hemskt, fast inte som hemskt brukade vara. När Alfild suttit i sängen på Brattbygård var det hemskt fast inte så, det var bara hemskt. Nu var det hemskt på ett eljest sätt.

Johannes kände det säkert likadant. Men med honom var det ju så, att jag aldrig vågade fråga om något, fast han var som en del av mig. Absolut sammanväxt och så totalt en främmande halva.

Varför behövde det bli så. Så tänkte jag ofta: Varför behövde det bli nödvändigt.

Från kanske hundra meters håll såg vi dem klättra upp i älgtornet på Bensbergets topp. Det var välbyggt, virke fanns det ju gott om.

De stannade uppe en timme. Man kunde inte se

dem, för räcket var en meter högt.

Jag vet ju nästan säkert hur det var. Han var väl blyg. Och hon var mjuk och rätt ensam av sig. Och så strök hon honom över kinden. Och eftersom de befann sig så högt över marken, och det var så varmt i luften och svag vind, och de svävade fram som genom molnen, och kunde lägga allting bakom sig och under sig, så blev de väl till sist inte rädda.

Jag vet ju. Hon hade tulpanklänningen på sig.

Sen klättrade de ner.

Jag har aldrig varit rädd för att dö. Men jag har aldrig velat dö, eftersom jag först ville ha det hoplagt.

Först hoplagt, och färdigt. Sen kan man sluta dö. Så därför lever jag väl ännu.

Vi sa ingenting på vägen hem, Johannes och jag.

Vi hade satt oss efteråt i de döda kattornas grotta. Det var vi, och den lilla fina kattflickan med sitt vita huvud som tankfullt tittade rakt fram över skogen och dalen och byn där jag levde en gång.

Vad hon måtte ha tänkt om oss. Vad hon måtte ha tänkt.

3

Från det ögonblicket träffades Johannes och jag nästan varje dag. Så jag visste.

Han nedtecknade en bit av det han själv visste i kapten Nemos bibliotek. Det mesta är ju sant. Fast det svåraste, hur man skulle försvara Eeva-Lisa mot Fienden, det verkar liksom bortglömt.

"Eeva-Lisa var tyst men glad de närmaste dagarna, men talade inte mycket med mig. Det var som om hon var blyg, eller tappat intresset. Det var nog Fiendens fel och inte hennes. Man förstod ju hur det kunde vara. Josefina anade ingenting, och vi hade ju kommit överens om att inte berätta för henne om Eeva-Lisa och Fienden.

De var nog uppe i älgtornet några gånger till. Men sedan hade det hänt något. Det var jag själv som upptäckte det. Jag gick upp en torsdagskväll och såg det. Någon hade sågat ner tornet.

Det var dåligt gjort, så jag förstod genast vem det var. Han hade sågat med en vanlig fogsvans, tror jag: först hade en hörnstolpe sågats av, och inte klämt, för han hade kilat bra, och sedan två andra, men slarvigare, för det var hackat på flera ställen där han försökt om igen. Och sedan hade tornet vippats omkull, alltså snarare tippats, som av en som är oerhört stark. Och så hade det fallit åt sidan.

Så detta torn var nu slutbesökt.

Jag fattar inte hur en som var så svag kunde vara så stark. Han måste ha gjort det på natten. Han var nog ganska rädd när han gjorde det, eller arg.

Kalle Burström upptäckte det en vecka senare. Då blev det känt. Jag kunde se på Eeva-Lisa att hon blev rädd när hon fick veta. Kanske var det därför det tog slut mellan henne och Fienden så fort. De hade väl inget torn att vara i längre. Och då förstod väl båda hur det hängde ihop, och då tog det slut.

Nere vid mjölkbryggan blev det diskuterat, och man

fastslog att det var ett nidingsdåd. Fast ingen kunde förstå hur det hängde ihop.

Centerhalven slutade komma till bönhuset i Sjön bara en månad senare.

Vad skulle man säga. Han bara försvann. Det var som om han aldrig existerat. Vad skulle man då säga. Och jag sa heller ingenting om detta till Eeva-Lisa."

Jag var med när Sven Hedmans mamma dog. Det var kräftan. Själv ville Sven Hedman inte svepa, så jag fick hjälpa till, med en av grannfruarna.

När jag funderar på om utbytet varit riktigt, och försöker tänka att Högsta Domstolen och doktorerna med öronvindlingarna hade haft rätt, fast det kunde de ju inte ha, så var det faktiskt min egen farmor.

Hon hade bara hostat till, andats några gånger och dött. Jag satt i hörnet, för Sven Hedman satt nere i köket och var nedstämd, så jag fick vara där. Det var bara jag och hon. När vi ordnade det med lakanet kunde jag känna att hon varit alldeles svettig, fast redan nästan kall. Lakanet gled åt sidan så man såg hennes ena bröst. Det var första gången jag såg ett kvinnobröst. Sedan täckte grannfrun till. Det var högtidligt och inte alls hemskt.

Jag förstod inte riktigt att döden kunde vara så där, stilla och tankfullt och högtidligt. Och det var så konstigt, som om en död människa bara genom att vara lite svettig och kall på samma gång försökte berätta hur det var att leva, eller hur det varit. Det var så man var, när man levde, men hon sa det aldrig till mig förrän hon var död.

Det var jag som sågade ner älgtornet. Men jag orkade inte riktigt skämmas för det. Man gör sina illdåd, men ska man skämmas för allting, vad är det då för ett liv.

Jag gjorde det inte på natten, det är felskrivet, han försökte alltid felskriva lite grann för att det inte skulle bli tydligt. Men jag gjorde det med fogsvans.

Det kunde han ju se på sågskäret, antar jag.

Det är mycket i biblioteket om skuld. Men det kan väl inte ha varit det, att jag sågade ner älgtornet, som skrämde iväg Fienden från henne.

Det blev ju höst sen. Och vinter, den värsta man kunde minnas. Och något älgtorn kunde de ju inte besöka då.

Den skulden stryker jag alltså ut.

Skuld och tårar. Och ingen Människoson att finna. Bara kapten Nemo, om han fortfarande är villig att hjälpa en stackare som jag, som vi, menar jag.

Välgörare är det stort behov av.

4
Vintern kom tidigt det året.

Det började snöa i september, det var ju ganska vanligt, men det konstiga var att det fortsatte och fortsatte. I oktober var det en halv meter och kallt, stuvarna i Bure hamn fick sluta en månad tidigare och Sven Hedman var bekymrad, för fetplånboka såg ut som en bit kaffeklarnflasa, som han skämtsamt uttryckte det en av de få gånger han försökte skämta. Snön tyngde ner hela kustlandet, och de som skulle gå på timmerhuggningen visste att det skulle bli tungvadat, och komma mycket snö innanför bussarongen. Men det värsta var ju hästarna som fick svettas och kunde få hostan. Sven Hedman hade ju ingen häst, men han tänkte mycket på hur det var värst med dom.

Jag hade börjat hälsa på lite i det gröna huset, när jag visste att Josefina var borta och gick på storbakningar. Jag visste ju att hon blev tyst och konstig i ansiktet när hon såg mig, och att det pratades i byn. Så det var bäst så.

Johannes sa aldrig något om det nedsågade älgtornet. Men Eeva-Lisa hade blivit ganska eljest.

Hon gick mycket för sig själv och var inte så glad som hon brukade. En gång när jag kom satt hon på soffan och grinade, och Johannes satt bredvid henne och sa gulle dig. Det var svårt att förstå sig på henne. Hon var på sätt och vis precis som förr, och jag kommer ihåg hur len hon kunde kännas om man bara på skoj tagit henne i armen. Hon luktade jämt tvål och var len. Men eljest, det hade hon blivit. Hon hade lagt på sig lite, inte så att hon var tjock, men lite fylligare, rundare kanske, lagt på i alla fall. Jag brukade säga att "hon stod på sig bra" när jag kom in och hälsade; det var i all välmening, men då såg hon på mig som om jag sagt något elakt. Så jag sa bara två gånger att hon stod på sig bra.

Det var annars det man skulle säga, om man ville vara snäll, till någon som inte verkade ha svårt att behålla maten.

Men hon var svår till humöret. Hon hade väl ingen att prata med, frånsett Johannes och mig. Och sedan tornet var nedsågat, och Fienden var försvunnen som om han aldrig funnits utan bara var nånting som Johannes hittat på för att skrämmas, eller för att inte skämmas, blev det ändå tystare omkring henne.

En gång när jag kom satt hon ensam hemma.

Johannes var till Konsum, eller Koppra som det egentligen hette, men hon släppte in mig i alla fall. Hon ville prata, tror jag. Hon satte mig på soffan och visade mig stickningen. Hon fick för sig att hon skulle lära mig sticka, och då brydde jag mig inte om att berätta att Josefina, medan det varade, hade lärt mig grytlappar.

Uppläggningen gjorde hon själv, för det var för svårt för mig, sa hon. Och så fick jag försöka.

Egentligen kändes det konstigt. Hon satt alldeles inpå. Hon hade en klänning som hon sytt själv, förtalte hon. Det var den första hon gjort själv, alltså en hel klänning alldeles själv, från att köpa tyget till att rita och klippa och sy ihop. Hon hade velat överraska mamma, eller Josefina Marklund, som hon kallade henne när hon var arg, eller ibland Marklund, då var det riktigt illa, mamma skulle bli glatt överraskad över att hon kunnat. Det var tanken.

Tyget var alldeles lent. Jag fick känna på det. Det var finklänningen med tulpanerna. Jag tittade på blommorna länge och kände på dem. Tulpanerna var vända uppochner, så att de så att säga växte med blomman nedåt. Jag frågade varför hon gjort det så, det vanliga var ju att de växte uppåt. Men då blev hon liksom eljest igen, och sa att det hade Josefina också lagt märke till. Hon hade råkat vända blommorna nedåt när hon klippte till, så blommorna hade kommit att växa nedåt.

Det var ju inte mycket bevänt med den överraskningen, hade mamma sagt.

Då sa jag att det såg vackrare ut så där egentligen. Och jag hade hört att det fanns blommor som växte nedåt i utlandet, inte åt Stockholmshållet till men i Nyland där det fanns palmer också; det var långt bort, söder om Nordmarks, om man såg det från det hållet.

Man behövde ju inte tro att alla tulpaner var lika, sa jag.

Och då strök hon mig över håret.

— Du är lika svart i håret som jag, sa hon, men själen är ganska vit.

Hon tyckte jag var duktig i händerna. Hon tog i händerna för att undersöka dem. Och hon sa att insidan av händerna var fina och mjuka, och att det nog var därför jag var så duktig i händerna och lärde mig fort.

Det var alltsammans.

Jag har ofta, efteråt, tänkt på hur vi satt där och sticktränade. Fast jag föreställer mig att vi inte alls brydde oss om stickningen, inte någon av oss, men att vi bägge nästan inte kunde andas. Det är svårt att förklara för den som inte varit med om det. Och om jag varit en annan, och modig som Johannes som kunde sitta där och säga gulle dig, det som jag alltid drömt om att vara men inte kunde bli, då hade jag kanske lutat mig mot hennes arm. Och då hade jag känt med kinden mot klänningen med tyget där tulpanerna växte nedåt mot jorden, eller mullen som man sa i bönhuset. Och då skulle vi ha varit som två syskon som sökt oss ner till den mull där bara vi och felvända tulpaner kunde växa, och då skulle vi ligga där nere, hoprullade som blodiglar nere i dyn i bäcken, och aldrig aldrig skulle vi vilja simma upp och växa till, och stora syster och jag skulle behålla våra hemligheter, utom för varandra, och ingen av oss skulle någonsin göra den andra efterlämnad.

5

Hon hade det svårt med Josefina, förstod jag. Eftersom de båda hade hoppats så mycket, kom de väl att hata varandra. Hade de inte hoppats, hade det nog gått bättre. Det var ingen som brydde sig om att förstå Josefina egentligen, för hon var ändå allmänt respekterad, och då blir man ju mycket ensam.

Men jag märkte att Eeva-Lisa blev liksom glad när jag sagt det där om tulpanerna. Jag säger "liksom", för nu kunde hon aldrig bli riktigt glad. Men åt det hållet var det.

När jag var barn var det mycket som var liksom. När något var liksom fick man tänka länge för att förstå; ingenting var som det var.

Mamma frös ihop, och det var nog värst när Johannes och jag blev tillbakabytta. Då blev det värst, och sen fortsatte det att vara värst, och då frös hon ihop. För dem som frös ihop var det säkert värst. Som Eriksson i Fahlmarksforsen som fick tallen på sig och hade blivit fastklämd, och skrivit *Gulle dig Maria du* . . . med frifingret. Mamma kanske frös ihop så där, fast hon inte hade ett frifinger ens, och ingen snö att skriva i, och ingen att skriva Gulle dig till ens. Ibland har jag tänkt mig att hon drömt om att få krypa ihop i Människosonens sår i sidan, och ha det varmt och fint och tina upp. Och slippa tänka på det som hänt. Men Människosonen var ju inte den som ställde upp när man behövde honom, det hade väl också hon fått erfara.

Vart hon såg var det skuld. Johannes blev ingen gullpojke, och då den utvalde inte blev det, då var det ju etter värre med den utstötte.

Och så blev det Eeva-Lisa som fick ondögat. Hon bar straffet. Hon var visserligen ren och väl klädd och fick så mycket mat hon ville, det var Josefina noga med. Och för den lilla usla slant som socknen betalade var hon verkligen icke tagen.

Icket. Det var Josefina alltid noga att betona. När hon kom in på det var hon noga att betona. Och när Människosonen inte ville öppna sitt sidosår, då fick man ju stå där utanför i kölden och betona.

Jag tänkte mycket på Eeva-Lisa medan vintern kom.

Snön föll och föll, till sist var vi omslutna som sommarflugor i vadden mellan fönstren, den som jag varit säker på att Gud lagt ut som mull till flugor. Gud var godlynt med flugor och lät dem få vadd pålagd där de kunde sova till maj när han sopade ut dem, med människor var han snarast ilsnedu, jag kunde aldrig förstå mig på Gud.

En dag i början av november mötte jag Eeva-Lisa nere vid postbussen. Jag skulle ta emot säcken vid bussdörren och gå upp till Sehlstedts, där man la ut posten på soffan så alla kunde hämta. Jag brukade ta emot säcken och gå upp. Men Eeva-Lisa gick aldrig efter posten. Nu var hon där. Det var som om hon väntat på mig.

Och hon sa: Du måste hjälpa mig.

Det var mig hon ville ha hjälp av. Ingen annan. Inte Johannes ens, det var det allra konstigaste. Det var som om han inte existerat fast han var så behändig och allmänt omtyckt. Och jag brydde mig inte om att fråga om det. Men jag tänker ibland att det nog hade att göra med det jag sagt om tulpanerna.

Hon ville ha hjälp. Det var så det hemska riktigt började.

Nästa dag gick hon genom det oplogade hela vägen till Sven Hedmans. Jag var ensam hemma, för Sven var ute och sågade is till iskällaren hos Petrus Furtenback, som var den i byn som en gång avslöjats med att dricka pilsner. Men vad kunde man vänta sig av en människa med ett sådant namn, sa man ofta.

Det berättade jag för Eeva-Lisa när hon kom, och skrattade själv högt. Jag tror hon förstod hur nervös jag var. Nej, inte nervös, men rädd. Jag berättade flera historier om Petrus Furtenback. Hon skrattade inte.

Jag blev mer och mer rädd. Vi satt i köket och jag trugade, men hon ville inte ha en bullskiva med sockerbit, och inte lingondricka.

Och så sa hon: Jag tror jag är med barn.

I familjebibeln i det gröna huset — Hedmans hade ingen — fanns det bilder som jag ofta såg på, trots att de säkert varit syndiga om de funnits i en annan bok. Det syndiga hade nästan alltid med kvinnor att göra, eftersom de ju var så omtyckeliga på sitt sätt, nästan behändiga. Det fanns till exempel också syndiga bilder i Åhlén & Holms postorderkatalog, som en av Burstedtspojkarna hade blivit ertappad med när han såg på dem på skithuset, och glömt haspa dörren inifrån, och efteråt, i bönhuset, så alla hörde det hade fått be Gud om förlåtelse för att han syndat. Men katalogen var ju inte Bibeln.

Bibeln kunde väl ändå aldrig vara syndig, det var i så fall smutsen hos en själv som gjorde Bibeln syndig. Man skilde på två slags synder, synder som kunde förlåtas, och dödssynder där man brann ohjälpligt. Jag vet inte om det var dödssynd att nedsmutsa Den Heliga Skrift med syndiga tankar, men sedan Burstedts äldste hade bekänt i bönhuset hade hans mamma efteråt frågat predikanten om detta var en dödssynd, alltså med smutsiga tankar, och kanske handlingar, hon hade inte berättat så noga, över behåannonserna i Åhlén & Holms katalog. Men detta hade predikanten, det var Bryggman, besvarat nekande. Burstedts äldste var förlåten.

Rättare sagt: först hade han tvekat och eftertänkt och sagt att det fick väl bero. Då hade mamman börjat flänna och inte velat att det skulle bero. Då hade han sagt att det var en vanlig synd ändå, som nu var förlåten. Då hade hon prisat Gud och gått hem och mockat griskätten.

Bibeln var nog värre i alla fall. Det var svårt att sova efteråt och jag bad mycket till Människosonen varje gång.

Man tänkte inte så mycket på det, men kvinnor var en frestelse just genom sin behändighet. Det var bilder i Bibeln, alltså i Gamla, av syndafloden, havsvattnet som sköljde över nästan oskylda kvinnor, som nog drunknade. Som Erik Lundkvist från Gamla Fahlmark när han drunknade på Sjöbosand och hans fru, som var där med barna en söndagseftermiddag och satt på stranden, blev som tokut och tröstades av kvinnorna vid hennes sida. Han var blå. Och det var också bilder av lejon som åt på kvinnor, också nästan oskylda, och annat.

Att Gud kunnat skapa något som kvinnokroppen. Och så fick man inte tänka på det. Man fick kanske tänka och sen hoppas att det inte var en dödssynd där man fick brinna ohjälpligt.

Jag vet inte varför jag säger det här. Jag vet inte varför jag berättade historierna om Furtenback för henne. Jag var väl nervös. Men jag vet att jag nästan blev tokut när hon sa det.

Hon gick hem genom snön i fullt dagsljus.

Hon hade pratat och pratat, men ingenting kunde jag ju råda henne till. Vad skulle jag säga. Jag var ju inte Johannes, ej heller kapten Nemo, och Människosonen höll sig ju som alltid undan, och förresten skulle han kunna skvallra för Gud. Varför sa hon det till mig. Inte till Johannes, inte till Fienden, inte till Josefina, men just till mig. Och det enda, sa jag till mig själv efteråt, den enda skuld som kunde åläggas mig var att jag hade nedsågat älgtornet.

På natten åkallade jag ändå Människosonen, som dock som vanligt inte hade tid, utan säkert hade fullt upp med att förbarma sig över alla andra i världen. Då åkallade jag Välgöraren, han som förbarmat sig över de nödställda och strandsatta på Franklinön utanför Nylands kust, kapten Nemo.

Och kapten Nemo hade tid. Det var typiskt. Han kom till mig om natten och talade lugnande och tröstande till mig.

Gulle dig, sa kapten Nemo, du måste lugna dig. Gud har inte fått veta det än, och Människosonen har inte tid eftersom han sitt och peta upp sitt sår i sidan så det blir öppet för alla som vill krypa därin. Men ingen kan ta Eeva-Lisa ifrån dig. Hon är i den största nöd, och nu måste du vara hennes välgörare.

Men hur är det med den allmänt omtyckte centerhalven från Västra då, sa jag, han som är Fienden, för det är ju han som gjort Eeva-Lisa med barn?

Då fick kapten Nemo något nästan fjärrskådande i blicken och sa: Jag tror att han åkt söderöver åt Ume där han har en kusin som är fanjunkare vid regementet. Och han funderar på att bli fastanställd. Och jag tror han inte vill veta av henne mer. Och du kan ju inte skjuta skulden på honom för det. Utan du får vara hennes välgörare nu, i hennes stora nöd.

Men Johannes då, frågade jag.

Men då försvann kapten Nemo och jag låg där i sängen och skakade.

Om det bara inte hade snöat så hemskt. Det var som om Gud förberedde mellanfönsterflugornas död. Jag hade lovat att träffa henne nästa dag.

Vad är det för ett liv när Människosonen håller sig

borta. Och kapten Nemo inte heller vet sig någon levandes
råd.

Och säger att det är bara jag.

Eeva-Lisa hade sagt att hon nog inte vågade gå i
böna på söndag, och i varje fall inte på Juniorföreningen
på tisdag och fredag. För alla skulle säkert se att hon
syndat.

Det syntes ju inte. Fast hon tyckte väl det syntes i
ögonen på henne.

Nu, snart.

Det skriver jag alltid när det är riktigt långt borta.
Eller när jag är rädd att jag ska komma fram.

I biblioteket har han ibland försökt skriva med min
handstil, men det syns ju att det är han. Han har också
bett till kapten Nemo. Fast han har minsann fått besked.

"Mitt i natten, sedan Eeva-Lisa befunnit sig borta
några timmar för att berätta det jag ju kände till, uppsöktes
jag av kapten Nemo. Han var min välgörare, och
jag visste att jag skulle visa honom stor tacksamhet.
Därför bad jag honom ge mig vägledning, för jag visste
mig ingen levandes råd.

Vad skulle vi åtgöra Eeva-Lisas elände, som snart
skulle bli uppenbart för alla.

Kapten Nemo hade vitt skägg och såg åldrad ut, den
långa ensamheten i undervattensfarkosten hade ristat
sina spår i hans ansikte. När jag sagt vad jag önskat
sade han till mig:

— Johannes, det är inte hennes lidande, utan ditt.
Du måste förråda henne.

Jag frågade då vad detta var för eländigt råd av en välgörare som alltid tidigare visat de strandsatta nybyggarna på Franklinön välvilja. Han sade då att det endast funnes tre slags människor: bödlarna, offren och förrädarna. Jag frågade vilken av dem jag var. Men, svarade han då, det ville han inte yppa. Jag började då flänna. Han hade vitt skägg och var min välgörare, men jag var säker på att han ådömt mig förrädarens roll. Jag sade då till honom att jag i varje fall ingen Judasuschling var. Han svarade då att förrädaren är en människa han också, kroppen har många lemmar, handen kan icke vara ögat, den svage behöver den starke men utan den svage dör kroppen, förrädarna måste vi försvara liksom vore de grodor. Hur kunde han säga detta, jag ville ej bli dömd till förräderiet. Dock, sade han då med sitt sorgsna och sällsamt eljest leende, är du ej endast förrädare, utan därjämte bödel och offer. Är jag då allting, flännade jag.

Ja, svarade han då, som alla andra människor är du allting."

Man hoppas ju alltid på ett under.

Hoppas man inte, är man väl inte människa. Och någon slags människa är man väl ändå.

3. Händelsen i vedboden

> Eeva-Lisa, stora syster
> återfanns en natt i vedhusbon.
> Mycket stilla, mycket lessen
> som en överfrusen fisk i vattenhon.

1

Vid åttatiden på kvällen den 3 december kom Eeva-Lisa hem till mig, och ville tala med mig, i farstun.

Josefina hade sett något, visade det sig. Varför, det talade hon först inte om. Men hon hade förstått något, och sedan fått besked. Det var det korta innehållet i det hon berättade, som inte var så lätt att berätta. Inte så kort heller.

Johannes ljög ganska mycket, har jag förstått nu när jag lägger ihop allting.

Egentligen är mycket av det han efterlämnade i biblioteket inte undanflykter, eller lögner. Snarare liknelser, som Bibelns liknelser, de som Människosonen använde när han var alltför rädd för Gud, som ju skulle straffa honom om han sa det som det var.

Jesus var nog inte alls lögnaktig eller räddhågad, ändå. Han var som Johannes, brukade jag tänka när jag visste att jag måste försvara.

Det var viktigt att försvara annat än grodor ibland.

Efteråt fick man ju läsa det som man ville: mycket omskrivningar, och en liten kärna av sanning som han bakade in som stekfläsk i en palt.

Man får skära upp, öppna.

Han har nedskrivit en historia om hur Eeva-Lisa hade stulit tjugofem öre och hur förfärligt det var; först långt senare har jag förstått vad det var han ville dölja.

De hade, alla tre, tvingats falla på knä framför kökssoffan och sjunga en psalm, och sedan fick de tillsammans bedja till Gud att han måtte förbarma sig över dem så att inte syndens smitta skulle överföras på den oskyldige sonen.

Syndens smitta var tjugofemöringen. Att hon tagit den alltså.

Fast så enkelt var det kanske inte. Han skrev väl ner en liknelse om knäfallet framför soffan, liknelsen om den stulna tjugofemöringen, och det skulle handla om den gamla mamman i det gröna huset och hennes orimliga hat till Eeva-Lisa.

Att icke syndens smitta.

Nej, så enkelt var det kanske inte. Det är problemet med hela kapten Nemos bibliotek, det är fullt med liknelser. Och till sist upptäckte jag det.

"Bibliotek". "Signal". Alla ord som var liknelser. Det var nog därför han vågade överlämna liknelserna till mig. Som kanske skulle förstå, men aldrig någonsin våga berätta.

Jag förlät henne aldrig att hon bytte ut mig. Eller det hon gjorde med Eeva-Lisa.

Men det kanske är så, att jag stryker ut allt annat hos henne, allt det som skulle kunna förklara. Stryker ut, så hon blir alldeles enkel och vit och osynlig; som om man skriver med pekfingret i snö och sen stryker ut det med handen.

Man kan tänka sig att hon till mig hade skrivit Gulle dig med fingret i snön, som vore hon en av träd dödad timmerhuggare, med ett meddelande utstruket av de överlevande välgörarna. Så blev det utstruket för Josefina, och så blev hon utstruken.

Vad skulle hon då svara, när det fanns en fråga jag inte ville se.

Man berättade att hon kom hem med sistbussen på kvällen den dagen, alltså den när pappa dött: jag var ju bara sex månader då, så jag minns inte.

De hade satt av henne vid spånhyveln; det var i mars, sent på kvällen och ännu djupsnö, och chauffören, det var Marklin, hade vänt sig bakåt i bussen och frågat om det inte var någon som kunde förbarma sig över henne. Men hon hade inte velat. Sedan hade hon gått upp genom snön, mot skogsbrynet där det gröna huset låg.

Huset var mörkt.

Det oerhörda första steget in i den långa ensamheten: som det svindlande steget ut i ett ofantligt tomrum.

När hon visste hur det var att bli efterlämnad, hur kunde hon då efterlämna mig.

Fast jag kunde ju ha frågat.

2
Hon hade kallat in honom och Eeva-Lisa i köket, hon hade satt dem på kökssoffan och dragit fram en stol och

satt sig mitt emot dem, och så hade hon börjar förhöret.

Det hade kommit till hennes kännedom, för övrigt genom Selma Lindgren, att Eeva-Lisa hade setts tillsammans med en allmänt omtyckt centerhalv från Västra Hjoggböle, som nu sades ha lämnat byn för att påbörja ett arbete i Umeå och nu bodde på Teg, och att de hade kladdat på varandra i smyg och så att de ändå blivit sedda, och nu frågade hon Eeva-Lisa om det var sant, och om pojken kunde tillägga något, och om han visste. Inför fyra par ögon, och det fjärde paret var Guds, ville hon ha ett ärligt svar. Hon hade, betonade hon, tagit Eeva-Lisa till sig och förbarmat sig över en föräldralös flicka, vars mor var känd som otuktig. Men själva otukten hade hon inte förbarmat sig över. Den hade hon inte velat släppa in i sitt hus. Icke.

Själv hade han inte vågat säga ett ord, och Eeva-Lisa hade mest bitit ihop som om hon var arg eller förstummad, och då hade Josefina upprepat sin fråga om hon och han från Västra hade kladdat på varandra.

Då hade Eeva-Lisa bara yttrat:

— Icke har vi kladdat.

Hon hade då än en gång upprepat sin fråga, som var ställd inför Gud, om de hade kladdat på varandra. Och Eeva-Lisa hade då upprepat sitt svar:

— Icke har vi kladdat.

Och det hade verkat på henne som om hon var arg på ordet mest.

Då hade frågan kommit om Eeva-Lisa ansåg att Selma Lindgren var lögnaktig av sig. I så fall skulle hon kunna inkalla henne som vittne. Och Eeva-Lisa hade då öppnat munnen än en gång, som för att försäkra att de inte hade kladdat, eftersom det verkade vara just det ordet hon inte tyckt om, men så hade hon slutit sin mun och inte sagt något alls, vare sig om Selma Lindgren eller på frågan om de kladdat. Men till sist hade hon i alla fall sagt:

— Det är visst slut nu.

De hade då suttit länge tysta och tänkt över vad detta kunde betyda. Sedan hade mamma vänt sig till Johannes och frågat om han hade vetat om det. Hon behövde tydligen inga mer upplysningar om kladdet. Kladd hade det varit även om Eeva-Lisa inte tyckte om ordet.

Det hade efter detta varit tyst en stund. Och det var då Johannes hade sagt det. Han sa alldeles rakt ut i det dödstysta köket:

— Fast till mig har hon sagt att hon är med barn.

Då var det tyst länge, som efter en basunstöt av en ängel. Mamma hade som förstenad stirrat först på Johannes, sedan på Eeva-Lisa. Barn. Alltså hor. Och Eeva-Lisa hade intet tillfogat om lögner eller falska beskyllningar. Och det var då mamma hade börjat gråta.

Hur kunde han säga det. Hur kunde han. Hur kunde han.

Eeva-Lisa hade ju suttit där och varit alldeles eljest, som alltid när hon var förstummad eller slagen av förtvivlan, hon hade kanske inte hört vad han sa? Efteråt skulle han kunna tänka att hon kanske inte hade hört. Men icke. Köket i det gröna huset var ju stort, som alla bondkök, men icke så stort. Det var normalt, det var bara färgen på huset som var konstigt. Men han sa det alldeles tydligt.

Eeva-Lisa hade vänt sig mot honom, sedan basunstöten förklingat, som om hon alltför sent bett om hjälp, eller förskoning, eller som om hon inte riktigt fattat.

Men han hade ju sagt det redan.

Det hjälpte inte att hon såg på honom. Hon hade ju så snälla bruna ögon, och hon var ju stora syster, och lekte med honom. Och jag är säker på att han älskade henne så hemskt. Och ändå sa han det.

Om han ändå hade bitit av sig tungan och slängt den i ett hörn som en slaktskvätt. Om han ändå hade tagit kniven och skurit av sig tungaeländet.

Om han inte sagt det.

Jag tänker mig att han älskade henne hemskt mycket, och var svartsjuk, eller hatade henne, eftersom hon efterlämnat honom. Eller så.

Man försöker ju alltid hitta på något, när det är för sent. Och det redan är sagt.

Men han hade ju inte skurit av sig tungan. Och den blev honom därför till förförelse.

Och så sa han det.

Det var väl av kärlek. Det är det enda jag kan förklara det med. Och Josefina började gråta.

Det är ingen som kan komma ihåg att hon gråtit förr.

Frånsett den gången i bussen när de satte av henne nere vid spånhyveln och chauffören, det var Marklin, hade vänt sig om och frågat om ändå ingen kunde förbarma sig över kwinna. Fast hon hade inte velat.

Men annars: icket.

Man kan ju inte veta vad hon tänkte. Hon tänkte

kanske inte alls. Det blev väl snarare hoplagt för henne. Och för att få det hoplagt behövde man inte alltid tänka efter. Bara veta hur det hade varit. Det behöver man inte tänka efter om.

Hon la väl ihop pappa som dödde fast han var så ung, och hur hon åkt med bussen hem och Marklin hade vänt sig om och sagt att man skulle förbarma sig, fast hon inte ville. Och säkert skämts för att hon flännat så hemskt i bussen. Och djupsnön när hon gick upp mot det gröna huset den natten. Och så det mörklagda gröna huset. Det hörde dit, det som var så nybyggt, och med rönnen som var ett lyckoträd, alldeles nyplanterad under brandstegen, som pappa spikat fast om det skulle hända något. Och så hennes första barn, som låg i livmodern i två dagar, felvänt, mens hon skrek som en tok fast ackuschörskan hade arbete i Långviken och inte kom. Och var som tjörmut när hon kom (det hade hon berättat). Och till slut var det ju för sent; men man döpte liket till samma namn som jag senare fick (jag bar alltså ett liknamn med mig i livet).

De hade tagit ett likkort när han låg i kistan, som en äppelskrutt; det var egentligen, på sitt sätt, jag som låg där, men han dog och jag blev ju senare bortstött av henne. Som en trebent kalv.

Det la hon ihop.

Jag försöker inte skylla ifrån henne. Jag säger bara att så la hon ihop, för så lägger människan ihop. Och utbytet av mig mot Johannes blev hoplagt. Och att hon nog skämdes inför mig för att hon inte velat ha mig, pojkuschlingen. Och hoplagt blev därför också att, fastän Johannes var så behändig, det kanske ändå inte blev som hon tänkt det efter utbytet. Hon ansträngde sig nog att jämt tänka på hur hon skulle glädja sig över att ha återfått den förlorade sonen, som var förtappad, men återfunnen, för det stod ju i Bibeln. Och på att han ju egentligen var hennes enda riktiga barn.

Men det kändes inte riktigt så, ändå.

Ibland tror jag att hon i hemlighet tyckte om mig, fast jag inte var så behändig och omtyckelig som Johannes. Varför behöver man egentligen vara vacker och omtyckelig. Jag hade ändå, trodde hon nog, på något sätt krupit ihop i såret i Människosonens sida. Och varje gång hon ville dölja sig där, i sorgen efter allt som gått förlorat, fanns jag där.

Det var väl därför hon blev så konstig i ansiktet, som ett russin, när hon såg mig efteråt.

Jag tror i dag att det var så hon tänkte. Men jag kunde ju inte fråga den gången.

Så fick hon det hoplagt. Just hoplagt, på en sekund, den snabba förfärliga sekunden när Johannes sagt att Eeva-Lisa berättat för honom att hon var med barn.

Man fryser ihop. Hon frös ihop. Men varför, det vet man kanske inte riktigt.

Det hade varit hemskt att se henne gråta.

Dom som grät jämt, med dom var det ju naturligt. Men inte med henne.

Det var inte så vanligt att man grät i vår by. Det hade blivit så, att det inte var så vanligt. Det var därför man tyckte så mycket om att höra om Brudgummens tårar och blod i bönhuset.

Det kanske hade varit bättre om det varit tvärtom. Jag menar: om Jesus bet ihop, och dom i byn flännade.

Sedan hon slutat gråta, och börjat bita ihop som vanligt, hade hon sagt till dem att falla på knä framför soffan.

Johannes på hennes högra sida, Eeva-Lisa på den vänstra.

Och så hade hon lett dem i bön.

Det var precis som han senare skulle beskriva det i biblioteket. Det var bara tonfallet som var lögnaktigt, märker jag när jag denna natt plockar fram hans försvarstal. På sitt sätt rätt, fast fel tonfall. Och fel synd. Därför fel. Det lite humoristiska i tonen, för att baka in ett förräderi som stekfläsket i palten. "Ja, hon grät faktiskt; inga falska krokodiltårar utan äkta tårar av sorg eller oro eller upprördhet. Och hennes tårar gjorde mig upprörd på ett speciellt sätt, som om jag samtidigt velat trösta henne i hennes sorg och dovt skrika ut mitt motstånd mot tårarna och bönen och psalmsången och stillheten i köket. Och medan tårarna rann efter hennes kinder fortsatte hon att be, allt ivrigare, som om hon upprört försökte försäkra den allsmäktige Guden att vi aldrig, i detta gröna hus, aldrig aldrig någonsin hade varit tjuvaktiga eller lagt beslag på annans privata egendom eller stöle päninga. Käre Herre Jesus, fortsatte hon efter en kortare återhämtningspaus, du ser till oss alla i din godhet, du ser oppå dem som försmälta i denna syndens värld och hava det som ont, tag denna flicka Eeva-Lisa i hanna och led henne rätt så hon inte blir som dessa halvtjölinga som draga ett väga och draga bälinga efter sig och leva i synd. Du vait käre Jesus att syndens frö jer sådd i hennes hjärta och låt icke synden från a'Eeva-Lisa smitta de oskyldiga barnen. Ja hon grät, dels av sorg över Eeva-Lisa och hennes tjuveri, dels av oro och ängslan att syndens frö skulle blåsa från detta unga men redan förskämda vetekorn till det egna barnet, och inplantera det onda hos honom. Och alltså klämde hon i med: Och så Herre Jesus, du all världens Frälsar, du val hjälp mig så int syndens smitta måtte spridas till n'Johannes, käre Jesus du jer väl så snäll att du sei till att han int blir likadan som a'Eeva-Lisa. För blodets skull, Amen."

Men det var ju inte så. Det var inte en tjugofemöring hon hade stulit. Hon hade inte stulit alls. Hon var med barn. Och i denna natt hade Johannes förrått henne. Och mamma grät. Men inte så.

Det var ju inte så. Hon bad, det är rätt. Och hon sjöng en psalm, "Jag är en gäst och främling", kanske i desperation.

Men det var han som förrått Eeva-Lisa.

Hon bad, det är rätt.

Med intensivt slutna ögon, som om hon velat att det inre mörkret skulle bli så djupt att det plötsligt måste tvingas att söndersprängas. Av en nådastråle genom mörkret. Kunde detta oerhörda mörker, kanske värre än det hon känt då hon tog det första steget ut i den svindlande ensamheten den natt när bussen stannat vid spånhyveln, och chauffören, det var Marklin, frågat om ingen kunde förbarma sig över henne, kunde det genomträngas av syndanåden från Människosonen?

Förlösa henne från det hoplagda, som nu blivit slutgiltigt förenat med det barn hon med skräck förstod växte i Eeva-Lisas kropp, och som nu skulle förenas och bli syskon med de tre barn hon själv förlorat.

Det första likfödda, som döpts som kropp men aldrig levt. Det andra barnet, Johannes, som fått ett namn som hon icke fått utvälja, men som borde ha varit mitt. Och jag, som fått likbarnets namn. Tre eländiga syskon, och nu ett fjärde.

Ännu ett barn i raden av de förlorade.

På natten gick han i mörkret ut i skafferiet, och klippte en bit av klippsockret. Sedan gick han till kökssoffan där Eeva-Lisa låg.

Månen sken över snön. Snöfallet hade upphört. Snöljus som på dagen. Hon hade inte somnat.

Ögonen mörka. De var stadigt fästa på honom. Hon andades omärkligt, som om hon sove, men ögonen var öppna. Han räckte då fram handen, höll biten med klippsocker mot henne. Han väntade länge. Hennes läppar torra, lite sönderbitna. Och han hoppades att hennes läppar till sist, nästan omärkligt, skulle skilja på sig: och med den yttersta spetsen av tungan skulle hon då röra, försiktigt, vid klippsockrets vita brottyta.

Men hon rörde icke.

Jag tänker mig att han stod vid sovrumsfönstret denna natt, och såg ut över dalen.

Månljus, oerhört vitt, dalen nedbäddad i snö. Alldeles tyst, ingen himlaharpa som sjöng. Framför fönstret rönnen, som var ett lyckoträd, full av snö och bär, men inga fåglar.

3

Det blev jul.
Jag hörde ingenting från dem. Hon kom inte.

Vid ettiden på natten mellan den 4 och 5 januari bultade det på fönstret till köket i Sven Hedmans: jag låg rakt under fönstret och vaknade genast, fast bultningarna var mycket svaga.

Jag förstod först intet. Sedan upprepades knackningarna, och jag gick upp och tittade ut.

Det var den vinter när månljuset efterträdde det oerhörda snöfallet. Vid pass femton grader, och månljus. Sven Hedman sov ensam i lillkammarn. Jag hörde att han sov.

Jag tittade ut genom fönstret. Det var Eeva-Lisa. Hon hade fårskinnspälsen på sig men var barhuvad. Jag öppnade farstudörren på glänt och frågade vad det var. Hon tryckte sig in genom dörrspringan utan att säga ett ord och satte sig i kallfarstun. Jag stängde ytterdörren, och köksdörren också. Hon satt på golvet och stirrade upp på mig.

Hon hade dragit in lite snö.

— Det är någe fel, sa hon. Jag har ont i magan.

Jag smög mig in och satte på mig luddorna och Sven Hedmans bussarong. Han snarkade tungt inifrån rummet. Jag hade sett att hon inte hade några vantar, så jag tog med mig ut, det var dom utan avtryckarfinger. Hon

blundade och hade ont.
 Vad skulle jag göra.
 — Du jett hjälp mig, sa hon viskande. Jag törs int vara hemma.
 Hon hade uppsökt mig och inte Johannes. Det var mig hon bett om undsättning.

Kapten Nemo hade förberett mig, en av de föregående nätterna, genom att för mig berätta liknelsen om besöket hos det allra sista barnet.
 Ett barn var ensamt i hela världen. Alla hans anhöriga och alla hans vänner hade upptagits. Snö hade fallit länge, och övertäckt allt med sitt vita täcke. På jorden fanns ingen enda människa mer än detta barn. Alfild Hedman var död, Sven Hedman var död, bussen med Marklin som chaufför hade stannat för alltid, ingen post kom, det gröna huset stod tomt. Alla var uppryckta. I hela världen fanns endast ett barn efterlämnat. Det var jag. Jag var den allra siste.
 Då knackar det på fönsterrutan hos det allra sista barnet.

Det stod rök ur hennes mun, hon var barhuvad och barhänt när hon kom, jag hämtade också ner Sven Hedmans skinnfuse från spiken och satte den på hennes huvud. Hon fick ju inte förkyla sig, viskade jag.
 Det var en kallfarstu. Vi viskade.
 När hon hade ont blev hon tyst, och när det onda försvann viskade hon, fast jag tecknat åt henne att intet säga.

Det var ju inte som jag tänkt mig det: att hon skulle komma hem till mig och vara snäll i ögonen och ha ett litet bekymmer som jag skulle efterfundera men sedan erfara lösningen. Jag hade ju en klartänkt plan om detta. Hon skulle då ha satt sig på soffan och fått ett glas med svagdricka och en bullskiva med en gottbit som jag klippt. Och jag skulle sätta mig, helt naturligt, vid hennes sida och först tröstande stryka över ärmen med tulpantyget, och prata lågmält till henne som en välgörare ska göra. Jag skulle förklara för henne hur det hängde ihop. Liksom lägga ihop. Och hon skulle då lyssna uppmärksamt till mig, och då och då nicka med huvudet så att svarthåret ibland föll fram i en slinga som hon tankfullt rättade till. Och hennes lilla katthuvud skulle vara vänt lite mot mig, fast hon skulle titta mot vedkorgen. Och då och då skulle hon genmäla något. Men då skulle jag vänligt, och nästan humoristiskt, skaka på huvudet och genmäla något tillbaka, vilket skulle efterföljas av en stunds eftertänksam tystnad varpå hon genmälde något, liksom med ett litet leende. Och jag skulle nicka och tänka efter, för det hon sagt skulle vara ganska förnuftigt, men inte utan invändningar, och genmäla något som var både skarpsinnigt och behändigt i sättet. Och då skulle hon titta på mig och skratta till lite.

Och så skulle vi sitta och genmäla och genmäla. Jag tror det var så jag föreställde mig kärleken.

Men eftersom hon hade så ont att hon nästan gnydde, och satt på golvet med Sven Hedmans skinnfuse på huvudet, blev det inte så.

Det ryckte till i Eeva-Lisas kropp ibland, hon öppnade munnen, men ropade icke.

Mellan de stunder hon hade ont viskade hon mycket. Det var om hur hon haft det under julen. Det hade inte varit roligt. Det hade varit ganska tyst. Dagen före julafton hade det hänt något, och sedan hade det blivit ganska tyst. Hon hade visst inte sagt ett enda ord på en månad. Och de andra två inte heller.

Johannes hade mest suttit uppe i sovrummet fast det var så kallt. Han hade sagt att han ville läsa ur "Bibel för barn", men om det fick man ju tro vad man ville. Han satt där väl bara och såg ut genom fönstret på hur det snöade. Eeva-Lisa hade inte gått upp. Hon ville inte prata med honom. Jag frågade då varför hon ville prata med mig. Då sa hon att det berodde på tulpanerna. Och det hade jag ju nästan gissat, men blev ändå inte glad den här gången.

Men hon sa det. Det hade varit fint om jag hade haft något humoristiskt att genmäla då, men jag kom inte på det. Och så började hon gnälla svagt, som en gris nästan. Så jag svarade intet.

Då hörde vi att Sven Hedman hade vaknat.

Han snarkade inte längre. Han rörde sig därinne, och jag hörde hur han knakade ur sängen och gick över golvet och öppnade lillkammardörren. Sen blev det tyst. Jag hörde ett svagt gnällande från Eeva-Lisa, och la då handen över hennes mun. Hon såg då upp på mig och gnällde svagare fast jag höll för; då tryckte jag till lite hårdare. Och då blev hon tyst.

Jag hörde att han trevade sig fram i köket, det var mörkt fast lite månljus som ledde fram till pisshinken. Han skulle kanske inte titta i kökssoffan. Gjorde han det var det förgjort.

Sedan hörde vi att han pissade i hinken.

Eeva-Lisa såg på mig men var tyst. Det var ju inte så jag hade tänkt mig kärleken.

Han pissade länge fast i skvättar och knöste lite grann. Så suckade han till och gick tillbaka och stängde dörren. Han tände aldrig ljuset.

Efteråt har jag tänkt, att hade jag bett honom om hjälp då hade allting blivit eljest. Men det gjorde jag inte. Det var så, att den natten var jag den allra siste i världen, alla var upptagna, Sven Hedman var upptagen också, ljuden var bara villospår. Det var alldeles tomt på folk. Jag var ensam, och det fanns inga välgörare, bara jag själv.

Och så hade det knackat på fönstret, och det var som det skulle vara, det var Eeva-Lisa. Och de som inte finns, dem kan man ju inte be om hjälp när man är det sista barnet i denna värld, och Eeva-Lisa knackar på fönstret.

Jag sa, medan jag ännu höll handen över hennes mun:

— Ska du låta så där måste vi gå ut i vedbon. Annars hör han oss.

Hon nickade, och då tog jag bort handen från hennes mun. Hon reste sig lite, och började grina, fast ganska tyst. Sedan slutade hon grina.

Vi öppnade ytterdörren försiktigt.

Jag gick före henne. Jag kände med munnen mot handen som jag hållit över hennes mun. Den var fortfarande våt. Det smakade ingenting särskilt.

Men jag tror att det var så att kyssa henne, och det hade kunnat vara rätt fint.

4

I många år tänkte jag mest på att Johannes förrått henne.

Det är konstigt. Men så farligt var det väl inte. Fast det var väl så, att man blev lugnare av att tänka så. Då kunde man lämna bort det andra.

Bödlar, offer och förrädare. Man höll väl fast vid det som gjorde minst ont. Vad är det för ett liv.

Det var oskottat till vedbon. Jag fick kallsnön innanför luddorna, men plogade liksom upp för henne.

Vi hade aldrig mycket ved hos Sven Hedmans, så jag visste det var halvtomt och i varje fall plats runt huggkubben. Haspen hade frusit fast, men jag var barhänt och fick upp. Hon flännade mer nu.

Jag tog henne i armen och satte henne ner på huggkubben. Hon såg rent konstig ut i fårskinnspälsen och vinterkrigsvantarna utan avtryckarfinger och med Sven Hedmans skinnfuse nedtryckt över huvudet. Ovanför vedboddörren, som jag stängde, fanns ett fönster som var delat i fyra, men månen var stark och hela vedbon var upplyst nästan som på dagen fast det var natt och det var ett blåare ljus än om man stod ute i snön.

När hon precis sen fick ont igen ville hon inte sitta på huggkubben, utan la sig på golvet. Flisen var frusen.

Jag hade kluvit samma dag på morronen så jag la en klabb under huvudet på henne, det var björk som var lättkluven när det var kallt. Klabben var nog hård men Sven Hedmans skinnfuse gjorde att hon väl ändå hade det mjukt under huvudet.

Det gick inte att få henne att sluta flänna. Hon sa att hon var rädd att dö, men jag försäkrade att icke.

Jag hade ju så ofta tänkt hur det hade kunnat bli med Eeva-Lisa och mig. Jag hade funderat på det ganska ofta, och det gick ihop.

Hon var ju sex år äldre än jag, men det behövde inte vara något hinder. Birger Häggmark hade ju gift sig gammalt, mycket mer, det var tjugotvå år emellan, men den gammfrun hade verkat jämn till humöret och han hade flännat på begravningen fast dom ju aldrig fått några barn. Och det var ju självklart. Det var väl så, att om någonting satte sig fast i huvudet på en människa, som Eeva-Lisa nog hade gjort på mig, då spelade inte nånting nån roll längre.

Det skulle bli som när jag satt bredvid henne och hon lärde mig sticka. Och jag skulle säga saker, inte om tulpaner bara, men som det om tulpanerna. Och hon skulle säga att det var som om vi var två syskon, men det skulle ju vara mycket mer, och sex år spelade ju ingen roll. Hon skulle aldrig vara tyst om nånting för mig, och jag skulle aldrig vara rädd för henne.

För så var ju det lilla som blev. Inte var det mycket. Vi var aldrig rädda för varandra. Men det enda som blev kvar var lite saliv från hennes mun när jag hållit för och hon hade ont. Det frös nästan när vi gick över till vedbon.

Hon hade inte velat smaka på klippsockerbiten.

Vedbodhandtaget var frusset.

Man skulle aldrig, fick vi lära oss, röra vid ett frusset dörrhandtag med tungan. Då skulle det gå som för Göran Sundberg från Innervik, på honom kunde man höra det än i dag. Det var en läxa för honom, sades det.

Att få en läxa var ett straff. Då kunde man bli nästan stum. Rörde man vid kalljärnet med tungspetsen var det nästan en förhävelse.

Fast Alfild sjöng i bönhuset trots att hon var stum.

Det var så månljust där ute så det dånade.

Månen slog in genom fönstret, det blev ett rutmönster på golvet. Det var fyra rutor som rörde sig mot Eeva-Lisa. Efter en timmas tid, sedan hon först blivit ganska lugn, nådde det nästan fram till henne. Hon låg kvar och ville inte sätta upp sig på huggkubben, och när jag försökte lyfta fäktade hon. Sedan nådde månljuset fram. Då sa hon att hon börjat blöda.

Det rann efter benet, det såg jag. Man förstod att fårskinnspälsen skulle förfaras, men konstigt nog brydde jag mig icke. Och jag sa ingenting om det.

Hon sa mig vad jag skulle göra.

Jag gick ut, gick över till dasset, som var enkelt byggt och fristående, och hämtade tidningar. Det var Norran. När jag kom tillbaka — jag lämnade dörren halvöppen — hade hon satt sig upp, med ryggen mot huggkubben, och höll sig med handen mellan benen. Längst upp. Hon såg rädd ut. Det kan man ju begripa. Hon var ju inte mer än sexton år. Jag slet loss några sidor ur Norran och knölade ihop, och brydde mig inte ens om att spara sidan med Karl-Alfred, så rädd var jag, och då förstår man. Hon försökte stoppa in tidningsknölarna mellan benen, men orkade inte riktigt, och föll bara handlöst bakåt så huggkubben knuffades, nästan så den välte.

Sen låg hon där bara, och sa åt mig att jag måste tvingandes göra det.

Först ville jag inte. Men det var tvingandes, menade hon.

Jag försökte torka upp längs hennes långkalsonger, men hon gnällde och ojade sig och jag var väl som halvblyg, men hon sa att jag inte skulle bry mig om det, jag måste stoppa bloandet. Jag skulle stoppa in pappersknulorna under långkalsongerna, sa hon. Men jag torkade bara och torkade och slängde bloduknölarna på vedhögen utan att bry mig om att nyhuggeveden skulle förfaras. Och så gav jag upp och satte mig mot väggen och höll på att schwimmå.

Då sa hon att jag skulle ta mer papper, annars skulle hon dö, och hon ville inte dö, det sa hon flera gånger. Och så tog jag mer papper.

Hon höll upp överkanten av långkalsongerna. Fårskinnspälsen var uppfläkt, och kjolen var ju uppdragen, och jag knep ihop ögonen och tryckte ner en stor pappersknula mellan benen på henne, men rörde aldrig vid skinnet. Då blev hon som allsmäktig, och bara låg en stund, utan att säga ett endaste ord fast jag gulledes att hon skulle säga. Det var armest så hon andades. Men när jag hörde efter så förstod jag att hon andades, fast man fick lyssna nära.

Precis då hade hon svårt att behålla maten, och det kom på fårskinnspälsen.

Sven Hedmans skinnfuse hade ramlat av. Jag la den åt sidan, så det inte skulle bli fläckar.

Jag tror det gick en tid.

Inte mycket, men månen hade flyttat sig, det såg man på rektanglarna på golvet. Fönstret satt ju inte på dörren, så fast den stod halvöppen var fönstergluggen helt fast. Månljuset hade gått över hennes kropp och rörde sig nu åt det nyhuggna till.

Hon hade krafsat ihop lite indriven snö i handen, och torkade sig med det. Det blev rött.

Det hade börjat blåsa lite där ute. Det hade nog börjat gå åt morgonsidan, så det hade blivit mörkare, snön drev, det kom in genom dörröppningen. Dörren slog och hackade, jag försökte stänga men det var svårt. Händerna var ju liksom blöta, och jag nästan fastnade i kalljärnet men jag brydde mig inte om det, fast jag visste att man kunde få en läxa om man frös fast och slet loss, det var ju inte mycket att tänka på nu. Det var mörkt i huset. Sven Hedman sov nog än. Jag tänkte att bara han inte ska upp och pissa, då kanske han tittar i kökssoffan och ser att jag inte ligger där. Pissade, det gjorde han varenda natt, flera gånger. Jag var ju helt ensam med Eeva-Lisa, och det var egentligen kapten Nemos fel att jag fått för mig att inte ropa på hjälp, för han hade berättat liknelsen om barnet som var ensamt på jorden när det knackade på fönstret. Så jag kunde ju inte be någon om hjälp och bistånd, och ändå var jag rädd att han skulle gå upp och pissa och se att jag inte var där i sängen.

Och då.

Jag menar: då skulle han tända lampan. Och se. Och spåren till vedbon skulle han ju se.

Vad skulle vi då göra. Vi visste oss väl ingen levandes råd i så fall.

Jag hade slutat tänka "jag", och tänkte "vi". Fast det var inte det fina och roliga vi som jag drömt om. Förr var det jag som inte visste någon levandes råd, nu var det vi, men fel sorts vi. Det hade ändå hänt något, det kände jag.

Eeva-Lisa satte sig upp och öppnade linningen till långkalsongerna och såg efter.

Hon såg alldeles hemsk ut.

Hon började prata, men det var som om hon blivit halvtokut. Det var ingen mening i det hon sa. Hon började prata om sin mamma, alltså inte hon i det gröna huset som hon var tillsagd, redan andra dagen, att kalla mamma, utan sin egen mamma. Som jag aldrig hade hört henne omtala eller benämna förut. Det var något om att mamman syndat genom att spela piano, men också varit horut, och nu var det syndens smitta, och i tredje eller fjärde led, och mamma hade tvingats åka till Sydamerika och fått Parkinson och blivit uppäten av råttorna medan hon låg där. Det var helt förvirrat. Det mesta verkade hon ha drömt. Fast mest mardröm. Men hon tycktes ändå virra om mamman som om hon tyckt om henne, fast hon aldrig sett henne. Det var ju vanligt när man kom i nöd att man tyckte om pappor eller mammor som man aldrig sett, så jag förstod och fäste mig inte vid hennes tjollrande. Men sen började hon säga att hon syndat och nu skulle Gud straffa henne genom att sända en fisk i magan på henne, och fisken bet henne nu. Hon hade förvägrats rätten att få ett riktigt barn för att hon horat. Och fisken bet henne, och att man måste slå ihjäl fiskstackarn mot båtkanten. Hon pratade om denna fisk så man blev alldeles förstörd. Men sedan blev hon allsmäktig igen och föll framlänges mitt i bloduspånet bredvid huggkubben, och jag fick nästan kasta mig över henne igen, så hon inte skulle göra sig illa. Och räta upp henne. Och lägga henne baklänges igen.

Jag höll hanna mot hennes kind, och då blev hon lite lugnare.

— Nu kom fisken, sa hon plötsligt. Han bit.

Och då förstod jag ju.

Jag var ju inget barn. Jag menar, det var jag ju. Men jag hade varit med när kalvar fötts, och grisar, och dragit kvigor till tjurhållarn, och kunde sköta en slaktmask. Så blir det ju när man bott i byn. Då är man inget barn bara.

Blod hade jag sett, och fosterhinnor, det har vartenda barn som växt upp som jag. Det var naturligt, ingenting att särskilt benämna eller bli uppmärksam över.

Men aldrig detta. Och så att det var Eeva-Lisa därjämte.

Jag förstod ju att det inte skulle gå väl. Det var ju inte fullgånget. Vad vet jag: hon kanske var i sjätte. Men det var ju ingen vanlig kalv detta, utan Eeva-Lisas barn, och henne tyckte jag ju så mycket om att det nästan var en dödssynd, och hon var på väg att dö mellan hännren på mig. Och ingen fick ju veta. Det sa hon hela tiden. Hon var mycket noga med det, fast hon talade otydligt. Och jag fick svära inför Gud den allsmäktige; först ville jag inte men hon blev helt motspänstig och då gjorde jag det, svära att inte ropa på Sven Hedman i lillkammarn inne i huset.

Långkalsongerna voro som slamsut nu.

Jag gick bort och hämtade ett par nummer av Norran, för de andra var använda. Man brukade säga att vatten skulle kokas när barn kommo till världen. Men vatten fanns icke. Jag tänkte mig att snö var ju vatten också.

Men hur skulle jag få bort allt detta blod och slams innan det blev morgon och Sven Hedman slutade snarka i daggryningen och gick upp till kaffet och morgonsnuset.

Och hon fick inte dö mellan hännren på mig.

Jag tänkte: Dör hon mellan hännren på mig i denna natt, då ska jag dö med henne. Det var ett beslut. Hon skulle inte efterlämna mig. Johannes hade förrått henne, men jag stod vid hennes sida, och lämna mig, det kunde hon icke. Och det var ett beslut.

Det var dött när det kom. Det är alldeles säkert. Annars hade hon väl i sin förvirring bett mig förskona det från lidanden. Men alldeles dött var det. Men smetut, som fisken innan man slår mot båtkanten.

Men hon bad icke om detta. Inför Gud, som fegt håller sig undan till domens dag då han skall bemästra oss uschlingar, och Människosonen, som alltid har för mycket att göra när han verkligen skulle behövas, kan jag försäkra det.

Och efteråt har jag också talat mycket om det med min välgörare, kapten Nemo, som var med oss i vår nöd, och skall vara, intill tidens ände.

Det hade hänt något dagen före julafton i det gröna huset.

Josefina hade stått längst upp på trappan, och Eeva-Lisa mitt på. Och Johannes längst ner. Och hon hade börjat alldeles lugnt med att säga att hon ordnat så att Eeva-Lisa skulle flytta till Erik Öbergs som var kusin med tandläkare Öberg, och så skulle det bli. Men allteftersom hade hon börjat råla att hon förlåtit horandet i sitt hus, inför Gud den allsmäktige hade hon förlåtit horandet även om det var svårt, och hon hade varit alldeles förvriden, men detta Eeva-Lisas tigande var inte till att bära. Och hatet. Hon kunde ta horandet och förlåta det men inte hatet, och att ingen pratade med henne som ändå var mamma, och sen hade hon sagt något om Eeva-Lisa och Johannes som ju var lögn, och som bara var ett tecken på hur förvirrad hon blivit.

Och Johannes hade stått längst nere. Men det enda, det absolut enda han efteråt skulle minnas, det var inte det viktiga, eller lögnerna om honom och Eeva-Lisa. Utan bara att Eeva-Lisa nu skulle tas ifrån honom, och att det var han som var förrädaren.

Inte ett ord hade han kunnat säga, fast det inte var fel på hans tunga. Och Josefina hade kommenderat och flännat, vilket gjort det än värre. Och ingen hade förbarmat sig över henne.

Det hade, på grund av detta, blivit en tyst jul.

Hon trodde väl inte, egentligen, att Eeva-Lisa var med barn. Det är så jag får ihop det. För då hade hon väl inte.

Det är jag säker på. Det andra hon skrek var ju bara helt naturliga lögner, som jag aldrig någonsin skall återberätta, ej heller skall Johannes, och ej ens i liknelsens form.

Det var intet annat att göra än att dra ner blodukalsongerna, och hjälpa henne.

Det kom ett barn, fast inte så stort. Och det var ju dött, det svär jag.

Jag brydde mig inte längre om nånting. Jag tog barnet i barhänderna, och såg på det. Det såg behändigt ut, som Eeva-Lisa ungefär, fast det var sörjigt och dött. Det var en döpojke. Jag kände mig på något sätt högtidlig. Det gör man kanske när allting är slut.

Eeva-Lisa yrade och var dålig, men besvor mig enträget att dölja barnet ner i sjödjupet. Och också detta lovade jag henne att göra. Jag rullade in barnet i ett par nummer av Norran, och gick genom djupsnön ner mot sjön.

Det skulle bli ljust vid elvatiden på dan. Månen var borta. Jag knäppte fårskinnspälsen om henne innan jag gick, och höll en stund handen mot hennes kind. Därute hade det blivit så mörkt att det nog var morgon.

4. *Sjödjupet*

> Månen lyser, snön är vacker
> Gud tar hand om alla mänskors barn.
> Kanske gäller det ock fiskar
> som har fångats uti månens garn.

1

Det var tungt att gå i djupsnön. Det lyste i Nordmarks, men annars var byn svart. Först droppade det från paketet, sen slutade det droppa.

Det drev. Jag vadade genom djupsnön ner till sjön med min bror inlindad i Norran.

När något händer, och man ännu inte förstått att ingenting är ohjälpligt, blir man som en döv. Man hör ingenting, och då tror man att ingen talar. Man har ju bara dövörat att lita på. Och då är man alldeles ensam, hur många ropandes röster som än skulle omge den nödställde.

Helt tyst. Och vad ska man då höra.

Men det gives ju alltid något bättre än döden.

Sjön var ganska lång: den drog ihop sig på mitten, sen öppnade den sig, och längst bort, så långt att man nästan inte kunde se det, fanns träsket med Ryssholmen.

Isen var ju tjock, men inloppet var strömt och det var ännu öppet. Det var alltid öppet om vintern.

Iskanterna var gula och det luktade ruttna ägg intill

det öppna. Det var strömt så det syntes.

Jag var trött och jådde som en gammhäst när jag kom fram, fast jag burit det som var lätt och ingenting dragit. Jag hade bemannat mig, och slutat flänna. Iskanten brukade vara svag och man sa alltid till oss att inte gå nära, och Eeva-Lisa satt i vedbon och väntade, så det spelade ju roll att jag inte gick igenom.

Det var viktigt att jag inte drunknade än.

Jag gick försiktigt de sista stegen, och såg mig om.

Det var mörkt, men ingen måne och inga stjärnor, fast snön var ju ljus. Stjärnsången var för alltid slut för mig, sjödjupet låg framför. Jag vecklade upp paketet med Norran och såg det. Det var ju en pojke.

Det var inte så roligt.

Jag tittade upp mot byn för att må bättre, det var nästan så jag inte kunde behålla maten, som Eeva-Lisa när det kommit på fårskinnspälsen nyss, men efter en stund kunde jag se ut över strömhålet i inloppet igen.

Man fick ju lugna sig. Och utan att titta vecklade jag ihop paketet igen, det var lika bra det. Nu skulle det kastas.

Sedan kastade jag ut honom. Man undrar ju vad han skulle ha hetat.

Paketet flöt en stund, en helt kort stund. Sedan började det långsamt sjunka. Då vecklade papperet upp sig och stannade kvar på ytan, drev av den lätta strömmen in mot iskanten åt sjösidan till. Där låg det och flöt.

Pojken syntes inte till mer.

Jag visste inte vad jag skulle göra. Om någon kom hit skulle de säkert undra varför Norran låg här i vattnet.

Det var ju blodigt på sidorna också. Men vem skulle komma hit.

Jag kunde ju inte gå fram och hämta det, då skulle jag kunna gå ner mig. Och Eeva-Lisa väntade ju på mig, det var viktigt att jag inte drunknade.

Pojken hade sjunkit. Han drev säkert med strömmen under isen nu, långsamt på väg, kanske mot Ryssholmen där de döda ryssarna låg begravda och där det fanns orm. Kanske skulle han driva ända fram till Melaån, där Alfild Hedman en gång blivit häst, fast hon dött sen.

Han hade haft vidöppna ögon när han låg i Norran. Nu drev han under isen, långsamt och liksom eftertänksamt, med vidöppna ögon, tänkte jag. Alldeles långsamt.

Man undrar vad han såg.

Kanske skulle Människosonen förbarma sig över honom. Han var ju barnens vän även om han inte haft tid för mig. Man fick bara hoppas att han också skulle förbarma sig över Eeva-Lisa, och kanske mig, fastän vi levde.

Och sen gick jag tillbaka.

2

Sven Hedman hade sett mig från köksfönstret och kom ut på trappan och frågade.

Jag svarade intet, utan gick ut till vedbon.

Eeva-Lisa satt fortfarande uppstöttad mot huggkubben, som när jag lämnade henne. Hennes ögon var vidöppna men hon såg inte på mig. Jag frågade, men hon svarade icke. Jag gick fram och kände på hennes kind.

Hon var svettig, men alldeles kall.

— Eeva-Lisa, sa jag. Jag är här. Gulle dig, Sven Hedman står på trappen och ropa. Han kom hit snart, det är morjan, Eeva-Lisa.

Hon såg bara rakt fram.

Man pratar så mycket om under, men det är ju nästan ingen som tror. Man tror det bara är som man säger. Men det är inte som man säger, det *är* så. Och när man tror det är som värst, är ingenting riktigt hopplöst.

Och eftersom det är så, då finns undret. Det måste man förstå, fast det tog lång tid för mig att inse. Hela mitt liv, egentligen.

Jag höll handen mot hennes kind, och sedan tog jag bort den. Då sa Eeva-Lisa:

— Ta inte bort hanna.

Då höll jag tillbaks hanna igen.

Hon sa: Jag vet att du har gjort som jag sa, det ska du ha stor tack för. Men nu måste jag berätta nånting för dig. Hur vet du att jag gjort som du sa, genmälde jag. Jag vet, sa hon. Jag vet att du är rädd, men du ska inte vara rädd mer, för jag är inte rädd. Det är slut med det. Men nu måste du lita på mig. Du måste lita på allting jag säger, för att annars går det dig och mig illa. Vad ska jag lita på, vad ska du säga, Eeva-Lisa, genmälde jag. Jag går bort en tid, sa hon, men det är ingen fara, för jag ska komma tillbaka till dig, jag ska återvända. Vad säger du, sa jag. Jag ska inte efterlämna dig, sa hon. Jag måste dö en stund, men det är inte som dom tror, för jag kommer tillbaka. Ska du efterlämna mig, sa jag. Nej, sa hon, och jag kommer inte tillbaka i himmelen, utan här på jorden. Håll kvar hanna.

Svetten kändes inte längre. Hon var ganska kall. Jag höll kvar hanna.

— Du tror, sa hon, att allting det värsta har hänt. Men allting är kvar att hända, det viktigaste. Det som nu kommer är det värsta och det bästa, håll kvar hanna, det är nu det gäller att du hör på vad jag säger. Jag går bort en tid, men jag ska inte efterlämna dig, och då ska jag troget förbli vid din sida i detta jordelivet. Du ska inte tro att jag menar himmelen. Jag kommer tillbaka hit. Vad du tjoller, sa jag, det går ju inte, det är ju omöjligt. Håll kvar hanna, så ska jag berätta hemligheten, sa hon. Vad är hemligheten, sa jag. Det är att jag är död, men ska återuppstå inom kort, och i detta jordelivet. Vad du tjoller, sa jag och började flänna igen, det är ju omöjligt. Nu har jag sagt hemligheten, sa hon, nu säger jag inget mer, för jag har berättat allting precis som det är. Nu ska du gå och hämta n'Sven Hedman.

Hon var så behändig. Men hon sa inget mer. Satt bara uppstöttad mot huggkubben och var tyst och såg rakt fram med brunögonen. Vad var det hon hade sagt. Hur kunde man tro på det. Men jag tänkte: Jag får väl tro på hennes löfte att återvända till mig.

Och så tog jag bort hanna. Och så hämtade jag Sven Hedman.

IV. ÅTERUPPSTÅNDELSEN

1. Den hemlighetsfulla ön

1
Signalerna och tecknen otydliga.

De sovande fåglarna hade placerat sig i egendomliga formationer på sjön: de hade lagt sig på det vita snötäcket och bildade tillsammans tecken, eller bokstäver, som om de varit på väg att bilda ord.

Det var tydligast de första dagarna efter händelsen i vedboden att de intet förmådde. Jag observerade dem utan att säga ett ord till någon.

De var på väg att formera sig till signal, men kunde ännu icke.

Sven Hedman skurade i vedbon. Jag hade sänts till sjukstugan, men eftersom jag var fullt frisk fick jag återvända redan samma dag. Jag satt mest i köksfönstret, och betraktade vaksamt tecknen, utan att med ett endaste ord, eller åtbörd, avslöja för mina vänner att Välgöraren kanske avsåg att med en signal ge mig vägledning.

De trodde sig begrava henne på kyrkogården i Bureå lördagen den 9 januari 1945. Man tyckte det var onödigt att jag var närvarande. Endast en handfull anhöriga till henne vaktade vid graven. Inga sörjande.

Hennes halvbror i Finland hade ringt men kom icke.

Sven Hedman var där, och berättade för att förströ mig hur det hade varit. Det var uppenbarligen så, att alla trott att hon varit bortryckt. Ingen hade kunnat ana att hon skulle återuppstå, och återvända till mig redan i jordelivet. Sedan Sven Hedman suttit och ravlat en stund om detta vid grötfatet, som var kall uthälld rågmjölsgröt på flattallrik med smörbrunn i mitten varur vi åto från varsin sida bordet med sked, och han för att vara som snäll avslutade sin halva före smörbrunnen så jag skulle få gottbrunnen i mitten för att drökta mig, övervägde jag en stund att avslöja denna hemlighet, men tyckte det var onödigt och teg.

Kyrkoherden, som var känd i hela socknen för att vara högtidlig men inte så kvicktänkt, hade jordfäst. Forsberg, som var predikant i Stiftelsen men grävde gravar för att försörja barnaskaran på sju, och ej åkte buss ut till byarna när han predikade, eftersom de armest hade mat till barnstackarna på den uschla lön som var predikanters, Forsberg hade grävt. På vintern fick man ju spetta länge. Det var tungskottat för flickstackarn från Sjön, hade han sagt på samkvämet i Västra veckan efteråt när han lett dem i förbön för flickstackarn från Sjön. Alla hade förstått att detta med det tungskottade var en liknelse, och Hildur Östman hade därvid flännat.

I Sjön hade han inte lett i förbön, vilket alla tyckt varit konstigt, men han hade ju sina egna idéer. Han hade gått predikantskolan på Johannelund utanför Stockholm och hade, sades det bestämt, inte tagit skada av det stockholmska, men hade ändå sina idéer.

Kyrkoherden hade jordfäst, men det var Forsberg som hade grävt.

Det pratades i byn. Det var ju helt naturligt.

De försökte väl räkna ut. Blod fanns ju att se. Den

döda pojken var ej återfunnen, och man kunde alltså endast gissa sig till hans existens. Landsfiskalen hade varit där, men ej velat gå för långt ut i djupsnön, och iskanten var ju svag. Undersökningen hade därför avbrutits.

Man besinnade sig alltså. Men hemligheten, den kände man icke.

Och jag yppade ju ingenting om vad som hänt, eftersom jag ännu inte fått någon vägledning från kapten Nemo och jag av tecknen förstått att denne ännu inte var redo.

Sven Hedman hade lagt Sverigekartorna, som Alfild ritat på smörpapper, i en hög på skithuset, men det var oanvänt.

Jag genomgick kartorna noggrant. Skenbart var de intetsägande, bara klumpiga ytterkonturer men med Hjoggböle utritat så hon skulle känna sig lugn.

Det gällde dock att icke låta sig duperas. Fukten hade skadat flera av kartorna på så sätt att ett visst mönster, utmärkt av mögelhålen och fläckarna, kunde urskiljas.

Kapten Nemo tycktes vara på väg att förmedla en signal om vad jag skulle göra. Något var i görningen. Det var helt klart. Men eftersom kartan var delvis förstörd, eller måste betraktas på ett visst sätt, var budskapet inte lätt att tolka.

Det gick en tid. Vad skulle jag göra.

Sven Hedman frågade mycket, men eftersom jag inte visste svaret teg jag. Jag hade ju inte fått någon vägledning. En dag kom kyrkoherden. De försökte i två timmar. Men intet fingo de på detta fiskafänge. Det började smälta, djupsnön sjönk i jorden. Jag gick i skolan igen, för man menade att det var tvunget. Men sade intet om vad som hänt Eeva-Lisa. Alla talade om henne som om hon varit död, och som om det var jag som hade skulden: en gång bad man för mig på Juniorföreningen. Kyrkoherden kom åter på besök och var högtidlig, han ville tala med mig i enrum denna gång, och talade strängt, som för att skrämma mig. För att dölja att jag väntade på vägledning från kapten Nemo berättade jag då några roliga historier om Furtenback. Kyrkoherden såg då på mig som om han varit en saltstod, och ville veta varför jag berättade om detta men ej om Eeva-Lisa. Jag svarade intet. Han stirrade då på mig som om jag varit tokut, och gick. Det var sista gången han kom och frågade.

På valborg gjorde man ingen valborgskase.

Den 27 maj 1945 gick jag för första gången i böna. Det var Forsberg. Man såg rätt mycket på mig. Josefina var där med sin unge son.

Det var då signalen till sist kom.

Då uppenbarade sig kapten Nemo för mig, just medan jag betraktade Frälsaren på tavlan med hack i ramen. Kapten Nemo hade bråttom och svettades nästan, det var medan man sjöng "O huvud blodigt", men hade ett kort meddelande som ej gick att missförstå.

Han sa till mig: Du måste uppsöka döpojken, för att genom honom få kontakt med Eeva-Lisa som väntar på att få återuppstå. Jer du tokut, sa jag skrämd men så att ingen kunde höra det, hur ska jag kunna återfinna honom. Han sa då: Ta Johannes till hjälp. Du måste återfinna Franklinön. Där finns gåtans lösning. Var finns då Franklinön, frågade jag villrådigt.

Men han var försvunnen.

Ingen hade noterat vad som hänt medan man otvunget sjungit "O huvud". Jag låtsades som ingenting. Jag betraktade Johannes från sidan. Skulle jag tvingas ta hjälp av en sådan Judas.

Men, alltså.

På vägen ut från böna gick jag bakom Johannes. Jag gick upp honom och sa: Vi ska återfinna den hemlighetsfulla ön, där får du veta vad som hänt.

Han såg på mig som om jag varit tokut. Sedan nickade han. Sedan frågade han viskande: Var finns då ön. Den måste finnas i sjön, viskade jag. Jag tror det är Ryssholmen, men vi får efterforska. Hur ska vi efterforska, sa han. Vi har ju ingen båt.

Vi hade ingen båt.

Jag sa: Vi får göra en båt.

Sedan tog Josefina honom bort från mig med ett häftigt tag i armen.

På kvällen granskade jag noga Alfilds kartor. Mögelfläckarna på smörpapperet var som fåglar på gulisen. Man kunde lägga dem över varandra, då uppstod en ny kartbild. Jag visste att jag var mycket nära svaret.

Följande dag gjorde jag ett tecken med armarna åt Johannes när han stod åtvid Sehlstedts fuse, tvärs över dalen. Han stod som handfallen. Men hade säkert förstått, för efter en stund gjorde han ett tecken tillbaka som jag snabbt kunde tolka.

Det betydde: i Franklingrottans vulkankrater.

2

Genom sjön flöt en älv.

Den kom in i sjöns norra del och flöt ut i den södra. Älven kom långt uppifrån Lappmarken och på vårarna flottade man timmer i den. Det var spännande, man kunde se det, också inifrån den del som kallades Sjön och inte var den del av sjön som kallades Träsket.

I slutet av maj kunde man se hur sjön långsamt fylldes av timmerstockar, isbitar och drivande isflak, hur timret ibland fastnade på stränderna, norrut mest på Ryssholmen, men också i utloppet. Och hur sedan, vid midsommartiden, allt till sist var försvunnet.

Men inte allt timmer. Det som fastnat blev ju kvar. Det var oftast det bästa virket, det flöt högt och bra. Det som blev sjunktimmer hade för mycket vatten i sig, det sög åt sig, och sjönk till botten, det var som människorna, hade predikant Bryggman förklarat på Hoppets Här.

Somligt flöt mot havet, men somligt fastnade, och somligt sjönk.

Man visste hur det skulle gå med dem som fastnade. Efter en vecka skulle flottarna komma, peta ut stockarna från stränderna, dra ihop dem i ett släp, och skicka iväg dem efter de andra. Flottarna gick efter stränderna, rodde i båtar: de kunde rensa stränderna på en dag, så var alltsammans borta.

Det kallades "sladden". Och sedan sladden gått var sjön tom igen.

Jag hade ingen båt. Men kapten Nemo hade gett mig vägledning och kraft. Jag skulle bygga en båt. Det fick bli en flotte. Sedan skulle Johannes hjälpa mig att finna. Han var en Judasuschling och förrädare. Men kapten Nemo hade tillsagt.

Så var det tillsagt mig, medan man sjungit "O huvud blodigt". Och så gjorde jag.

Jag gömde tre stockar innan sladden gick.

Söndagen den 3 juni gick jag, timmen före högmässan, till Melaån. Söndag hade jag valt eftersom jag ville vara i fred: då satt alla i bönhuset. För övrigt tyckte jag att det var onödigt att gå i böna.

Det hade blivit så, när Människosonen sjavade på med annat och aldrig hade tid med mig. När det är som värst, då ska en Människoson hjälpa till. Han ska vara en välgörare, och förebedja. Men icke hade han. Kapten Nemo kunde. Men Människosonen: icket.

Uppsök, hade kapten Nemo sagt. Och därför byggde jag en flotte.

Det var döpojken som det gällde först. Sedan skulle Eeva-Lisa återuppstå till detta jordelivet. Döpojken hade säkert drivit under isen och fastnat, som ett lilltimmer. Strandat på en strand. Det var ju de flytandes natur.

Sladden hade inte gått. Timmer fanns det gott om. Vattnet var högt, det gick långt upp i dikena.

Jag slet hela dagen. Jag drog upp tre timmer i ett dike, så de inte skulle upptäckas och gå med sladden. Det var tungt. Jag bad en stund till Jesus Kristus, men han hörde inte av sig, det var väl bara att fortsätta utan honom.

Jag var som rassan. Gammgräs fanns det gott om.

Jag täckte över. Sedan var det bara att vänta. När det var dags att bygga skulle jag tillsäga Johannes. Han skulle inte förvägra, eftersom kapten Nemo nu bestämt att hans vilja var min.

Jag låg uppe i skogen den dagen sladden gick. De sågo intet. Det var nu tid att bygga den farkost som skulle återföra mig till Eeva-Lisa.

Jag funderade ofta, när jag var barn, hur Johannes egentligen var.

Man blir ju som villrådig. Hur man är, det är svårt nog. Hur man egentligen ska vara, det är värre. När jag var barn ville jag vara som Johannes, men jag var som jag. Det var det svåra.

Johannes var snabb av sig, och kunde prata fort om han ville. Han hade det lätt för sig, och gick runt i byn och var allmänt omtyckt. När han sprang i smärtingskorna var han snabbast. Grävde man ett kulsprutenäste i sandtaget var han aldrig rädd att det skulle rasa ihop över en. När Erikssons katt hade hoppat efter metkroken och bitit fast i munnen och skrek så hemskandes hade han kastat sig över katta och dragit ut kroken. Alla andra, särskilt jag, hade bara stått och glott. Han hade somnat en gång i bönhuset utan att någon hade tagit illa upp. När det kom fem kilo bananer till Koppra hade han, fast han inte hade pengar, köpt tre stycken innan nån annan hunnit säga till, och fått beröm av Josefina. Ingen hade kunnat tro att det skulle komma bananer. Men snabbtänkt var han.

Allting gjorde han rätt. Jag hade aldrig sagt till honom att han var en Judasuschling. Men efter det med

Fienden och Eeva-Lisa hade han blivit rädd för mig. Jag var ju den ende som visste, och den som vet, honom får man hålla sig intill, och hålla sig väl med.

Därför lydde han när jag tillsade om Franklingrottan. Och inga frågor. Men blir man utlämnad som vi, då har man någonting ihop. Den ene utlämnad från, den andre till. Men utlämnad. Man ser liksom dubbelt.

Jag tillsade honom. Och han lydde, den dag i juni när sladden gått.

För varje dag blev signalerna allt tydligare.

Jag upphörde helt att tala, för att åsamla mig kraften. Jag höll ner benet i bäcken, blodigeln kom simmande, satte sig, men utsög ej mitt blod. Hon bara satte sig, med en rörelse som en handklapp på en hästmule, på mitt ben.

Det var så uppenbart. Jag betraktade henne med ett bekräftande leende. Hon simmade sin väg utan ett ord.

3
Vi drog ut stockarna i vattnet, placerade den längsta i mitten och de andra på var sin sida, och slog tvärstag över. Längst fram en tvärbräda som vi spikade fast i stockarna, på mitten tre brädor, längst bak tre stycken till. Vi använde sextumsspik, utom längst bak där vi fäste med tretums.

Jag sa, ganska högt:

— När vi inte behöver flotten mer ska vi slå bort bräderna och dra spiken. Låter vi spiken sitta kvar kan det förstöra klingan på sågen, och det förstör ackorden för gubbarna. Man måste tänka på ackorden.

Johannes svarade inte, som om han ej åhört mina ord.

Jag kände att det var bra att jag sagt till. Han skulle nog aldrig ha tänkt på spiksågninga.

Jag började förklara, eftersom det gått så bra att börja förklara. Jag förklarade att det var viktigt att flotten bar oss båda. Jag visste ju att jag vägde 52 kilo. Han vägde väl ungefär detsamma. Flotten skulle alltså bära drygt hundra kilo, men timret var torrt och flöt högt.

Intet kunde han genmäla till detta.

Jag hade tänkt på utrustningen också. I Sven Hedmans unikabox, som jag tagit, hade vi provianten. Den bestod av: 1 flaska vatten, 1 korvbit (1 dm lång), 1/2 limpa, 8 skeppsskorpor, 1 kniv, 1 hg margarin, 20 sockerbitar, 1 liten burk melass (som var ett slags mörkare sirap som korna fick men som var lika gott men billigare än sirap, menade Sven Hedman), 4 bitar tunnbröd. Det var provianten. Jag hade skrivit upp det i notesblocket, ordnat uppifrån och ner, som en bärgningslista.

Jag hade ordnat allting själv. Johannes hade inte ordnat någonting alls. Det var väl därför han var så tyst av sig.

Vi gav oss ut vid sjutiden på kvällen.

Det var som om han blivit eljest den sista tiden.

Förr skulle han alltid bestämma, det var han som var snabb och behändig och allmänt omtyckt.

Men nu. Det var som om tvärtom. Han var mer och mer som jag. Det var som om han börjat växa ihop med mig. Det var hemskt, när man tänker på det.

Jag tänkte att jag måste säga det till honom.

Det blåste och vi hade spänt upp ett segel på flotten. Mellan två käppar, som vi stagat med snören, hade vi fäst upp ett lakan. Ibland höll vi själva i käpparna när det blåste till hårt, det gjorde det ibland.

Det blåste rakt från land, från söder, alltså från skogen med gläntan där Alfild hade blivit häst och gått runt runt om pinnen, och dom kommit och tagit henne. Därifrån blåste det. Man undrar ju ofta om jag, jag menar vi, hade kunnat göra på något annat sätt. Vi kunde ju ha tagit henne från Brattbygård och från krokodilmannen och från honom med två huvuden och från att det luktade värre än i svinkätten. Men det hade vi inte gjort.

Man ska inte hela tiden fundera på sånt.

Det var därifrån det blåste, jag har tänkt på det efteråt. Man tror inte att det betyder något, men ofta gör det. Man hänger bara inte riktigt med. "Signal", som Johannes brukade skriva i biblioteket. Han menade alltid att man måste vara uppmärksam på signalerna.

Det var rätt fin sned sol. Vi blåste ut.

Den våren hade jag ofta tänkt på döpojken.

Alltså Eeva-Lisas. Just när man låg i sängen och nästan sov, och innan det blev klar midnatt och kapten Nemo kom och försökte tala en till rätta, då var det ibland som om döpojken som jag burit ner i Norran den natten hade hängt ihop med de andra döbarnens liv. Som om det var han som fötts navelstrypt, och fått mitt namn eller jag fått hans. Som om det egentligen var samma döpojk.

När det hände den natten tänkte jag ju inte så. Då gjorde jag bara som Eeva-Lisa hade sagt till mig. Men på själva begravningen, när inte Johannes vågade vara med, men jag var med, där måste jag rätta mig, eftersom jag ju visste att Eeva-Lisa skulle återvända till mig i detta jordelivet, då hade Josefina Marklund, henne som jag tänkte på som "mamma" fast jag blivit tillsagd efter utlämningen av kyrkoherden, då hade mamma tittat på mig. Tvärs över det uppskottade, förresten av predikant Forsberg.

Och hon bara såg och såg. Och då tänkte jag att döpojken, herregud, fast det sa jag ju inte. Men herregud döpojken. Tänk om hon velat ha Eeva-Lisas döpojke, egenteligen. Hon kanske tyckte om oäktingar också. Varför hade hon annars tagit Eeva-Lisa till oss.

Men sen den natten när hon kom hem från sjukstugan, och bussen stannat och chauffören, det var Marklin, hade vänt sig om och frågat om ingen ville förbarma sig över kwinna, sen den gången hade det ju inte varit möjligt med andra barn än oäktingar och utbytingar. Ungefär.

Och då, på begravningen, såg hon på mig över det uppskottade. Och det var som om hon velat säga: Jag kunde ju ha tagit hand om pojkstackarn, om jag vetat.

Pojkstackarn. Fast det var ju bara jag som visste att det var en pojke jag burit ner i Norran. Tänk om hon velat ha döungen i Norran, om hon fått.

När jag tänkte på det blev det nästan högtidligt. Som när jag vecklade upp Norran och såg på honom. Då var det nästan högtidligt.

Kapten Nemo själv hade sagt, en natt när han kom till mig och jag frågat varför hon då rålat åt Eeva-Lisa uppifrån trappan att hon skulle iväg, han hade sagt med sin lugna och något betänksamma min att det kunde han förstå att hon gjort.

Det var ej ondskan, utan kärleken.

Och han sa, att ehuru han ej till fullo förstod alla mina undringar så kunde han förstå att jag ibland drömde ont om döpojken i Norran. Och om hur han flöt under isen med vidöppna ögon. Så hade han känt det själv en gång. På min fråga redogjorde han ingående för en situation jag ju kände igen ifrån boken. Men jag hade nog aldrig förstått hur den upprört kapten Nemo.

Han hade ju stått i glasfönstret i Nautilus och sett hur kvinnan och barnet från den engelska fregatt som han sänkt gled ner genom vattnet. Nästan så att de log medan de drunknade. Kapten Nemo sa att han visste hur ilt det kändes. Det var ju han som beordrat anfallet. Barnet, det var vid pass ett halvt år, hade flutit genom vattnet, förd av en djupvattensström.

Var det då detsamma med döpojken i Norran, hade jag frågat. Ja, hade kapten Nemo lugnt genmält. Så hade nog döpojken också förts, av strömmen, under isen. Långt långt bort, mot Ryssholmen. Han steg och sjönk och såg genom vattnet upp mot isen som var grå på undersidan. Och när han steg stötte han mot isen, som Nautilus vid Nordpolen, en situation som kapten

Nemo för övrigt endast med yttersta nöd kunnat bemästra.

Kapten Nemo visste hur det kändes, hade han sagt.
Så är det med de riktiga välgörarna. De har erfarenheten.

4

Vad letar vi efter, frågade Johannes gång på gång.
Jag svarade inte, för det var onödigt.

Vi letade längs efter sjöns västra stränder den kvällen. Det blev lugnt, jag stakade då med en hagastör som jag påpassligt medfört.

Jag sa inte vad vi letade. Det var ganska tyst på flotten.

Fram mot morgonsidan — det hade ju aldrig varit mörkt, vinden hade försvunnit vid elvatiden — fram mot morgonsidan började jag frysa. Det fanns ju inga hus här vid träskets nordsida, husen fanns vid inloppet och Forsen och Östra och Västra men inte här. Jag var rätt lugn, inte rädd för att någon skulle se oss, och Sven Hedman trodde väl att vi låg över i Melaån. Jag frös, men det fanns ju lador lite överallt.

Vi la till. Jag tog proviantunikan i handen, men Johannes ville sedan intet ha, och jag betackade mig för att truga honom.

Vi gick in i ladan. Flotten var surrad.

Gammhöet låg längst in. Det var taget det mesta. Ingen av oss kunde sova. Och jag gick till rätta med Johannes.

Han hade, sa jag till honom, inte förbarmat sig över någon endaste människa. Armest en enda utom sig själven. Det enda han hade sett var hur mamma hade stått uppe i trappan och rålat, men hade han sett hur hon såg ut i ansiktet? Hade han lyssnat till chauffören, det var Marklin, när han frågade om inte någon kunde förbarma sig? Han hade sett att hon blivit hård, men inte gjort henne mjuk. Hade han tänkt på något annat än att vara snabb på smärtingskor på sommarn och på luddor på skaran om vintern och vara behändig och allmänt omtyckt?

Och Eeva-Lisa.

Och jag förtalte för honom om natten i vedbon.

Johannes hade borrat ner sig i gammhöet. Jag har ju alltid velat ha någon bror att förtälja allting för, eller en som Eeva-Lisa att älska så mycket, och hon så mycket älska mig, att man kunde sitta och genmäla en hel kväll. Men det enda man fick var en som borrade ner sig i gammhöet och teg. Och Eeva-Lisa som gått bort för att visserligen återkomma i detta jordelivet, men hon dröjde ju, och den enda jag kunde rådfråga var Välgöraren, men jag vet inte jag. Ibland var det inte nog.

Jag kände mig vred. Johannes borrade ner sig i gammhöet och teg.

Vad är det för ett liv när man måste känna vrede.

Jag tror han somnade.

Jag hörde hans lugna andetag och tänkte på hur fint det varit om det hade varit Eeva-Lisa. Tänk om hon fått pojken ändå, och han levat. Då skulle hon ha suttit med honom tryckt mot tulpanklänningen, dom som växte nedåt och som var så len som hud, och döpojken skulle ha snusat och sovit och mått bra, och jag skulle bara ha suttit helt lugnt och tittat på. Det är så jag tänker mig kärleken.

På morgonsidan blåste det upp från öster, det kom plötsligt och hårt och det gick nästan vita gäss.
Och då hade jag beslutat mig.
Jag väckte Johannes med en handrörelse. Han vaknade med en gång, som om han legat på åhågan. Han log lite mot mig, som om han vetat vad jag beslutat mig, och nickade, som om han förstod.
På en gång blev det så fint. Man beslutar sig, och då har man beslutat sig. Och så gör man det man beslutat, och Johannes och jag var eniga, fast det egentligen var så svårt.
Vi gick ner till sjöstranden. Vi tog loss flotten. Vi stötte ut.
Johannes satte sig längst fram på flotten, och jag stod längst bak och stakade med hagastören. Lakanet var uppe. Det blåste hårt, men träsket var inte så djupt så jag nådde med hagastören, vi kom långt ut med en gång, solen var uppe fast det var natt, men så var det ju, och det är svårt att minnas precis hur det gick till. Det var ju inte sant att jag beslutat mig, hur skulle jag då inte kunna minnas hur det gick till? Jag minns hur det gick till. Ryssholmen låg rakt fram. Han var barfota och så ställde han sig på timret. Jag sa inte till honom att ställa sig. Det slog över timret fastän det flöt högt, jag höll ena foten på unikaboxen, som var Sven Hedmans, för att den inte skulle sköljas iväg.
Han hade inga skor på sig. Det var väl smetut på timret. Jag knyckte inte alls till med hagastören, förresten

210

minns jag säkert att det blivit så djupt att jag inte nådde ner. Så knyckte jag till med hagastören, det var smetut på stockarna, han hade inga skor, han rörde till med armarna, och så föll han.

Och så minns jag tydligt hans ansikte i vattnet, jag såg hur han både var rädd och skämdes för att han varit så klumpig, det var som om han velat be om ursäkt. Sjön gick ganska hög. Jag såg hans ansikte i vattnet, just innan han försvann under flotten, och jag minns tydligt hur jag räckte ut handen mot min bästa vän Johannes, som för att rädda honom ur den yttersta nöd, just i det ögonblick han rycktes ner i vattenvirveln, lika stor som den när syndafloden sög ner de nästan avklädda kvinnorna i det jättelika vattuhålet.

Det nästa jag minns måste ha varit flera timmar senare.

Jag satt längst bak på flotten. Den hade blåst upp på stranden.

Det var på Ryssholmen.

Jag visste precis hur den var, men ändå hade jag aldrig varit där. De flesta trodde att den var cirka hundra meter i diameter, täckt av tjock gammal granskog, med grenar ofattbart långa och kraftiga, full av huggorm och döda ryssar. Men ingen hade varit där, ingen i hela byn.

Och det var här jag måste söka. Här fanns det.

Johannes satt hopkrupen längst fram på flotten. Han hade tagit sig upp. Men han sa ingenting och jag visste att något hänt.

— Johannes, sa jag. Du är inte sur för att jag inte drog upp dig.

Det måste ha varit mulet, jag minns att det var mycket disigt, inte mörkt men skymning, som det kunde bli vissa molniga nätter. Han hade tagit sig upp på flotten fast jag inte ville.

— Att du inte drunknade, sa jag lågt.

Han svarade ej. Men efter en stund reste han sig, hoppade på stenarna, gick genom strandvassen, och gick iland. Det konstiga var att han hade luddor på sig. Jag trodde under några sekunder att jag drömde, men jag hörde ljuden mycket klart när han plaskade genom strandvattnet, och man hör inte ljud i drömmen.

Han gick inåt holmen. Ryssholmen är mycket liten, det visste vi ju. Kanske hundra meter i diameter. Det skulle inte bli svårt att återfinna honom.

Det konstiga var luddorna. De kippade och lät när han gick in i granskogen och försvann.

Då visste jag ännu inte att Ryssholmen var långt större än jag trott, att den dolde något, och att detta var sista gången på över fyrtiofem år jag skulle se Johannes. Han försvann i det inre av den ö jag fruktat i hela min ungdom, utan att känna dess riktiga namn, och utan att veta att Välgöraren, en gång, skulle leda mig in till det inre av den hemlighetsfulla ön, där Johannes, min enda vän, skulle vänta på mig. Nu var jag bara tillfälligt befriad. Jag var befriad från honom, utan att veta att jag var infångad av honom för alltid; och först långt senare skulle jag återfinna honom, i kapten Nemos bibliotek, i farkosten som befann sig i vulkanöns innersta vattenfyllda krater, utanför Nylands kust, där endast Hjoggböle var utmärkt på kartan på det möglade smörpapper som varit min välgörares vägvisare.

5

När det blev full dag sökte jag länge efter honom.

Innan jag påbörjade utforskningen repeterade jag noggrant alla inlärda fakta om det territorium jag nu besökte. Ryssholmen var mycket liten. Där fanns hundraårig gran. De ryska soldater som här fanns begravda hade legat här i hundrafemtio år. Ön var full av huggorm. Detta tillsammantaget, som ju var väl känt, gjorde att jag ej kände den minsta pelagrut av ångest.

Jag började med att gå tvärs över holmen, sedan tillbaka igen, sedan i cirklar, sedan längs stranden. Under granarna växte inget gräs. Marken var svart eller brun av gammal barr. Jag gick runt, runt och ropade hans namn, Johannes. Jag ropade och bad att han skulle ge sig till känna.

Han fanns inte på holmen.

Jag gick tillbaka till flotten. Jag kände att jag var hungrig, tog Sven Hedmans unikabox där jag förvarade provianten, och öppnade den. Melassen förvarade jag i en konserveringsburk. Jag öppnade burken, och åt med fingret.

Det kom i ansiktet. Jag brydde mig inte om att tvätta mig. Jag kände mig en kort stund altarerad, men bemannade mig. Jag frös inte. Jag visste att Johannes hade försvunnit, han hade efterlämnat mig på ön, också han. Jag åt melassen. Jag var efterlämnad.

På eftermiddagen mojnade blåsten och sjön låg blank. Jag var fullständigt lugn, men undrade över att kapten

Nemo ej kom när jag åkallade honom.

Han hade väl inte blivit som Människosonen. Men nej, jag slog bort tanken.

I vattenspegeln kunde jag se att det var jag som speglade mig. Det var helt avgjort jag, fast melassen hade svartnat kring munnen och kinderna. Jag ville inte tvätta mig.

Jag anberopade ånyo kapten Nemo, nu med hög röst, nästan som om jag blivit otålig eller rassan, men förstod att eftermiddagar på sommaren inte var hans bästa tid. Han sov väl på dagarna. Om natten var han däremot min välgörare; fast jag hade varit glad om han ändå kunnat ge mig råd.

Granarna var lättbestigna. Grenarna gick långt ner och var oerhört tjocka, nästan som trädstammar, de var som Guds fingrar, tjocka och straffande utsträckta åt alla håll. Jag klättrade upp, och klättrade ut på en av dem. Gudsfingret darrade inte. Jag höll mig fast i det övre fingret, för att inte slinta, och lyssnade förvånat till suset. Jag kunde gå tre fyra meter ut på grenen, och såg nu långt.

Två båtar syntes roende mot norr. Svagt hördes rop.

Jag satte mig ner på grenen tills de försvunnit utom synhåll. De sökte utefter stränderna, ännu.

Var skulle jag göra av flotten. De skulle kanske se den.

Jag klättrade ner, gick till flotten och tog ner lakanseglet. Jag gick genom vatten, kände ingen trötthet. Jag var uppfylld av Guds fingrars styrka.

Flotten gömde jag i vassen. De skulle inte gå iland. Och flotten skulle de ej finna.

Molnen försvann i ett ljust dis, solen stod lågt. Jag tog tre av skeppsskorporna och blötte dem i vattnet. Sedan jag inmundigat min proviant la jag mig ner på granbarren och såg uppåt.

Jag försökte lägga ihop det som skett, men kunde icke. Man fattar inte hur mamma kunde vräka ur sig denna lögn om Johannes och Eeva-Lisa i trappan. Hade han varit intill mig hade jag tröstat honom. Men han hade lämnat mig. Kapten Nemo, som jag än en gång anberopade, kom nu plötsligt på ett hastigt besök. Han menade att tiden nu snart var inne. Till vad, frågade jag nästan otåligt. Till att bemanna sig, svarade han. Men för detta måste du först återfinna döpojken.

Så försvann han. Inte ett ord om Johannes: det var som om han inte hade funnits.

Jag klättrade åter upp till min utsiktspost på Guds finger i granen. Fingret darrade nu, som om Gud skämts för att kapten Nemo hade tid till rådslag, men ej hans son. Solen stod lågt. Fyra roddbåtar syntes nu, alla på väg mot den inre delen av sjön.

De voro som koern. De drogo hemåt mot fuset. Jag såg dem försvinna in mot trångsundet, sedan voro de borta.

Guds finger upphörde då att darra. Jag begrundade vad kapten Nemo sagt till mig. Jag satte mig under trädet. Så måste det bli.

Det måste ha varit nära midnatt när jag fann.

Solen hade gått ner, vattudimman inhängd över sjön.

Jag var lugn och fattad.

Tre varv hade jag gått längs stranden innan jag fann döpojken. Jag hade haft rätt. Han hade flutit under isen och fastnat på stranden till Ryssholmen. Kapten Nemo hade lett mina tankar. Ändå hade jag mest tänkt själv.

Jag kände igen honom. Först kunde man tro det var ett renätet gäddskelett. Men gick man närmare var det helt klart. Han hängde fast, nästan omöjlig att upptäcka, en bit uppe på land mellan två stenar. När isen bröt hade han väl drivits upp. Det var bara vitbenen kvar, men huvudet var alldeles fint rengnagt. Man tror ju att det ska se hemskt ut. Men det var alldeles rent och fint och behändigt, som en liten vit bendocka. Jag ropade på kapten Nemo, men han svarade inte. Då böjde jag mig ner och tog upp Eeva-Lisas döpojke.

Jag sköljde av honom i sjökanten.

Jag gick och hämtade unikaboxen. Jag tryckte ihop korven längst in i hörnet, sedan den halva limpan, skorporna, tunnbrödet, sedan vattenflaskan, sedan margarinet i papper. Kvar fanns tolv sockerbitar. Sedan kniven. Sedan den tillslutna konserveringsburken med den kvarvarande melassen. Sedan tog jag döpojken och placerade honom försiktigt i tomutrymmet på den andra halvan av unikaboxen.

Jag makade på maten så han fick det ganska bekvämt. Sedan tillslöt jag locket, och spände remmen.

Det var färdigt.

Jag sköt ut flotten ur övertäckningen. Unikaboxen placerade jag längst fram, där Johannes suttit. Jag stötte ut. Hagastören var min enda åra.

Det kändes högtidligt, jag stakade genom vattudimman, jag var mycket lugn. Johannes hade lämnat mig, och jag hade funnit döpojken, och allting hade gått som det borde gå.

Jag gick iland vid Tunnudden, där Sanfrid Renström en gång satt skittunnern så nära sjökanten att vattnet hade gått upp och tagit dem ut, så han fick ro och hämta dem med båt och sedan var allmänt utskämd. Han var död nu. Jag tog iland unikaboxen, och stötte ut flotten.

Jag stod en stund och såg hur den gled längre och längre ut, och till sist försvann i dimman. Dom skulle nog hitta den. Sedan skulle dom söka, men inte finna. Sedan skulle dom slå sönder flotten och dra ut spiken och skicka iväg timret neröver.

Och ingen skulle veta.

Jag tog så unikaboxen, med provianten och döpojken, tog den i remmen och gick upp genom skogen. Jag tänkte inte på att jag var barfota. Det gjorde inte ont. Stigen var mjuk. Tallarna var snälla och susade gult och behändigt. Jag kände mig glad och tacksam mot min välgörare, som väglett mig, och gett mig råd.

Melassen kändes stel i ansiktet. Med unikaboxen i handen gick jag så hela vägen upp till de döda kattornas grotta.

2. De döda kattornas grotta

1

Sorterade i natt bland Johannes meddelanden från kapten Nemos bibliotek.

Han leker med mina namn, som om det skulle hjälpa. Han har strukit över mitt namn, kallar mig nu något annat. Det är tredje gången han ändrar mig.

Skäms väl.

I natt snö, snabbt utregnat. Jag saknar de ljusa vinternätterna där uppe. Man minns ju ljuset om vinternätterna.

Och norrskenet. Vart tog egentligen allting vägen.

Jag har besökt de döda kattornas grotta igen, denna maj 1990.

Bensberget ännu kvar, skogen också, men det är annorlunda på fel sätt. Åkte sedan tillbaka till flygplatsen. Antecknade kortfattat: "Allt är eljest."

Grottan var mindre, kändes liksom hopdragen. Berget var lägre. I grottan intet att finna längre, inte heller det en gång helt rena skelettet av en katt.

Det krymper bort för mig.

Varför krymper det. Till sist kanske det inte finns längre, om jag inte skyndar mig.

Man måste kanske skynda sig innan allt krymper bort. Det är nog det som är att lägga ihop.

2

Jag gick, med unikaboxen i handen, hela vägen upp till de döda kattornas grotta utan att en endaste en såg mig.

Det var efternatt, solen låg in rätt flackt genom ingången och grottan var ganska ljus.

Jag satte mig åtill kattskelettet, som var av en kattflicka. Hon satt helt lugnt upplutad mot väggen, bakstenväggen, som om det var en huggkubbe att luta sig mot.

Man tror ju att skelett är fula men de är egentligen ganska behändiga.

Hon satt där och tittade ut över dalen. Man såg den genom öppningen. Hade hon kunnat prata skulle man väl ha kunnat säga något, men det är klart, man kan ju inte tala med skelett. Hon kunde väl inte ha mycket att säga heller. Och vad skulle jag fråga om.

Mycket, förresten.

Jag anberopade i mina tankar kapten Nemo, men han lystrade inte på mitt anrop, hade väl inte tid. Jag väntade en liten pelagrut till stund. Solen flyttade sig över grottgolvet, sedan anberopade jag honom igen men förstod att man fick vänta.

Dalen var som den brukade vara. Jag flännade lite, men blev sedan lugn. Man kunde se en bit av sjön, men inte Ryssholmen, och vulkanen i öns mitt, som jag senare skulle finna ingången till, och där Nautilus låg, var stilla. Ingen rök syntes. Det var ju också förklaringen till att ingen i byn förstått. Hade rök kommit ur mynningen, hade ju alla andäktigt sökt sig dit, också från lokalpressen, och det hade stått i Norran.

Jag satte mig intill kattflickan. Också jag satt då uppstöttad mot grottväggen. Så där hade kattflickan sovit i flera år. Så var det nog att vara död. Ingenting var enklare.

Det svårare var väl snarare att återuppstå. Det fick man fråga till råds om.

Jag somnade en stund.

Ingen kom till mig i drömmen. Jag anberopade Ingen igen, men han var väl upptagen. Jag tänkte att man får en smäll men ingenting är ohjälpligt, det brukade jag tänka, då sov man lugnare och hade lättare att bemanna sig.

Unikan hade jag inte öppnat.

När jag vaknade hade solen rört sig över golvet. Det var som en klocka, nästan som månskenet på golvet i vedbon som påminde mig om att tiden gick. Jag brydde mig inte så mycket om vad klockan var längre. Den var Något. Det var den ju alltid. Varenda dag vid samma tid härmade den sig själv. Man fick vara noga med att minnas att nånting ändå hänt fast klockan var så lika.

Det var ju för väl att jag hade unikaboxen. Där hade jag maten, alltså den proviant som skulle rädda mig i min nöd. Och det andra hade jag ju också.

Man fick väl ta ut.

Jag vaknade och det sjöng ont i huvudet, då visste jag en kort stund ingen levandes råd och började därför genast genomgå hur det gröna huset var byggt.

Jag genomgranskade huset så att säga, så det inte

skulle försvinna om jag behövde det i en nödsituation. Jag tänkte mig hur man kunde gå igenom huset, hur det var byggt och inrett, mest sovrummet där uppe. Jag hittade en sticka och ritade upp planeringen, som en karta, och angav på den också hur brandstegen var placerad under sovrumsfönstret, som var det på gaveln, men före rönnen, som var ett lyckoträd, och där det på vintern fanns snö och fåglar. Sedan ritade jag, i grova drag, en karta över Sverige runt om, men så att huset låg på rätt plats.

Efter bara en liten stund var det då bra igen. Så där är det ofta, ingenting är ohjälpligt. Man måste veta vad man ska göra i väntan på Välgöraren.

Sedan jag ritat upp och det blivit bra igen blev det otrevligt igen, men bara en helt kort stund.

Jag bestämde mig för att utan prut packa upp unikaboxen.

Läderremmen var alls inte svår att upplösa, det var en häkta på den, alldeles naturligt.

Jag tog av locket. Nu gällde det att placera det bärgade på ett ändamålsenligt sätt. I en svår nödsituation, hade kapten Nemo lärt mig i ett tidigare samtal, kunde en riktig och klok planering rädda liv. Jag tog därför skeppsskorporna och placerade dem på en torr trädgren, för att de skulle förbli torra. Det var fem stycken kvar nu. Kniven lades intill. Margarinet till vänster, räknat från kattflickan, därefter brödet, som jag efter ett ögonblick av tvekan valde att placera på trädgrenen, intill skeppsskorporna. Vattenflaskan. Korven. Limpan. Sockerbitarna. Margarinet intill.

Burken med melassen, som tillhörde det för mig dyrbaraste av det bärgade, avslutade raden av förnödenheter.

Sedan blev det otrevligt igen, men jag bemannade mig och slutade ganska snart att flänna. Man måste ju alltid bemanna sig.

Frågan var ju var jag skulle sätta döpojken.

Jag upprepade för mig själv, än en gång, de skäl som gjorde kapten Nemo eljest än till exempel Människosonen.

Människosonen hade ju sitt sår i sidan, varur kom blod och vatten, och där man kunde krypa in. Men han hade ju aldrig, som kapten Nemo, riktigt visat att man kunde lita på honom, när till exempel nöden stod för dörren.

Det hade jag emot Människosonen. Man ville ju inte säga det rakt ut, men man kunde inte riktigt lita på honom.

Han hade liksom för många att ta hand om. Man hade hela tiden en känsla av att när det var som värst, då var det någon annan som kanske hade det värre.

Och då blev man ju efterlämnad.

Människosonen bestod, på detta sätt, inte riktigt prövningen. Om man efterlämnar någon, till exempel en riktig uschling, hur skulle då uschlingarna kunna förtrösta. Då blev de liksom grodorna uthinkade ur kallkällan, och hade ingen endaste som kunde försvara dem.

Det var den viktigaste skillnaden. Kapten Nemo, med honom var det så, att jag allmer kommit att betrygga mig till honom i de stunder av nöd när Människosonen var upptagen på annat håll och inte försvarade de uthinkade uschlingarna.

Det var skälen. Jag kom ihåg alla skälen, och fann när jag prövade dem att de var riktiga.

Man kunde ju, givetvis, låta döpojken ligga kvar i Sven Hedmans unikabox.

Den var ju nu tom på proviant. Man kunde låta honom ligga där, som på likkorten ovanpå finbyrån i lillkammarn, och bara se behändig ut på sitt sätt. Men eftersom vistelsen i de döda kattornas grotta måhända skulle bli lång var det kanske inte så rättskaffens.

Det var ju skillnad på att vara rättskaffens och icke. Det var samma skillnad som mellan de behändiga och de icke.

Jag tog därför med barhänderna försiktigt upp döpojken ur Sven Hedmans unikabox. Han var ganska torr och fin. Det hade ju gått en hel vår i sjön, och nu hade han torkat.

Jag gick bort till bakväggen på grottan, och satte honom ner vid sidan av kattflickan. Han var mindre än hon nästan. De såg rätt fina och behändiga ut båda två, och skådade med tomögonen ut över dalen, där man kunde se sjövattnet men icke Ryssholmen där de stora granarna växte som hade grenar tjocka som Guds fingrar, de som först icke darrat, men sedan, när jag hört ropen från sökbåtarna, hade börjat darra till som om Gud blivit rädd.

Man kunde fundera på det en stund. Jag hade aldrig förr kunnat tänka mig att Gud var rädd, men den gången hade fingrarna darrat till, som på Elma Markströms händer. Hon var skakuhänt.

Egentligen kunde man tycka om att Gud var rädd.

Pojken sa ingenting, inte kattflickan heller. Vad skulle de säga. För det första var det alltid svårt att finnpå något att säga. För det andra voro de bägge döda. Men ingen av dem såg ilsnedu ut.

Jag tog en skeppsskorpa, bröt den, doppade den i melassen och höll skämtsamt fram den mot kattflickans mun. Hon rörde sig ej. Jag höll handen stilla. Hon smakade icke.

Dock vågade jag ej erbjuda döpojken melasskorpan. Jag åt upp den själv. Det kändes fint nu. Det kom lite det hemska ibland, men helt kort. Så försvann det.

Det kändes bättre sedan jag ätit skorpan. Det fanns nu endast fyra skorpor kvar.

Hade jag haft ett notesblock och en blyertspenna skulle jag ha kunnat skriva en bärgningslista, eller en vers, men jag hade icke ett notesblock och ingen blyertspenna.

Solen hade slutat gå över golvet.

Jag satte mig vid grottans mynning och såg ut över dalen.

Man kunde höra rop nerifrån sjön. Sen kunde man inte höra rop längre.

Vid pass midnatt uppsöktes jag av kapten Nemo.

Jag hade somnat till då jag hörde en viskning som med ens gjorde mig klarvaken. Någon viskade mitt namn. Jag spärrade liksom upp ögonen i förvåning, men ingen person fanns att se i grottan. Jag tittade då noggrant på kattflickan, och på döpojken vid hennes sida; döpojken hade fallit en pelagrut åt sidan, som om han velat luta sig mot henne. Det såg ganska konstigt ut.

Det var bara dom och jag. Döpojken hörde ju liksom till familjen, om man tänkte så, men om kattflickan hade jag aldrig tänkt så. Inte förut. Men när döpojken lutade sig en pelagrut kom man lätt att tänka så. Dom satt där liksom och småpratade.

Just då hörde jag på nytt en viskning, och denna gång högre. Det gick inte att ta fel. Den kom från döpojken. Han sa till mig:

— Du jer sätt gå ut. Han jer utanför. Han vänt oppå dig.

— Vå seg du, genmälde jag då.

— Gå int där å dra bälinga etter dig, du jer sätt gå ut, upprepade då döpojken med ganska skarp röst.

Man blev ju alldeles förstummad. På något sätt blev man helt stum, nästan upprörd, som när Egon Bäckström hade somnat i bönhuset och rapat mens han sov och icke haft hovet att be till Gud om förlåtelse på Juniorföreningen nästa fredag. Jag förstod ju att döpojken inte kunde tala, eftersom han dels var död sedan länge, dels aldrig lärt sig tala, då han aldrig varit född.

Jag måste alltså ha blivit tokut.

Dock var det inte bara detta som gjorde mig alldeles altarerad. Det som upprörde mig mest, det var icke att han talade fastän han icke fick eftersom han var död, utan detta att han tilltalade mig på en så grov, nästan ohövlig dialekt. I folkskolan var det ju inte tillåtet att tala bonnska, för där hade vi fått lära oss schwenska, men döpojken hade ju aldrig gått i en skola.

Jag besinnade mig då. Det fanns inget skäl att bli ilsnedu. Jag hade ju också, själven, ett ögonblick svarat honom på samma dialekt, utan att besinna mig.

Jag betraktade länge de två vid bergväggen.

De var fullständigt tysta. Min upprördhet la sig långsamt. Men länge efter att min upprördhet lagt sig kände jag att hjärtat slog och slog. Jag förstod att jag drömt, i drömmen hade han talat till mig, på grov dialekt; jag hade alltså drömt ont, men jag var ännu inte tokut.

Jag kastade skämtsamt en liten sten på döpojken, som träffades och ryckte till, liksom förebrående, men ångrade mig sedan genast.

Först då kom jag till insikt om vad han sagt. Någon väntade på mig utanför grottmynningen.

Kapten Nemo satt utanför grottan, till höger, och han hade suttit länge, det såg jag, för när han reste sig observerade jag att han blivit blöt där bak av nattfukten i gräset.

Jag bad genast om förlåtelse för att jag dröjt, men han tystade mig med en handrörelse.

Det var morjan och dimma täckte dalen och sjön kunde ej betraktas. Han hade dimma i ansiktet, och samma färg. Man blev liksom högtidlig när man såg honom.

Han hade något i handen.

— Kom in, bad jag honom, men han skakade avvärjande på huvudet. Han ville bara meddela mig något.
Vi satte oss på marken.

Han hade varit orolig för mig, förklarade han. Det skulle dröja innan undsättning kom; i vanliga fall kanske han kunnat dra en signalledning vars tråd jag kunnat följa till nästa meddelande, men tiden medgav nu inte detta. Man sökte mig i byn, men man sökte på fel ställe. Ingen kände ju till de döda kattornas grotta utom vi tre, alltså Johannes, kapten Nemo och jag själv. Och eftersom jag ju inte kunde ge mig till känna var det nu viktigt att jag fick kläder, och proviant. Det var ännu gott väder, förklarade han, men sommaren hade en ände, september skulle komma, och kylan trängde då in genom märg och ben.

Jag måste rusta mig.

Inför hur lång tid måste jag då rusta mig, frågade jag. Han svarade inte direkt på frågan, men gav mig ett tygstycke som han medfört. Det var ett klänningstyg. Jag frågade hur ett klänningstyg skulle kunna hålla kylan borta de nätter när den annars skulle tränga genom märg och ben, men han skrattade först roat, blev sedan åter allvarlig, och tillsade mig att vända på tyget så att mönstret blev synligt.

Jag gjorde så.

Till min stora förvåning igenkände jag då det klänningstyg, med tulpaner, av vilket Eeva-Lisa en gång sytt en klänning. Jag frågade då var han fått detta tyg. Jag har fått det av Eeva-Lisa, svarade kapten Nemo. Vet hon var jag befinner mig, frågade jag. Ja, genmälde han. Var är hon då själv, frågade jag. Det kan jag inte berätta, svarade han, men hon sänder dig sin hälsning, och ber dig förtrösta.

Jag svepte tyget om mig. Kapten Nemo hjälpte mig. Vi var båda noga med att så lägga det över mina axlar att blommorna, det var tulpaner, kom att växa nedåt.

Inför kapten Nemo redogjorde jag för situationen vad beträffar det bärgade, och de förnödenheter jag ännu hade.

Limpan. Skeppsskorporna (nu 4 st.). Vattenflaskan, margarinet, kniven, nio sockerbitar och en burk melass, ungefär fylld till en tredjedel. Jag uppräknade provianten, och bad om råd. Han eftertänkte, och menade sedan att jag måste få hjälp av honom. Dessa nya förnödenheter, förklarade han, skulle han bringa nästa natt. Till dess fick jag livnära mig på det jag hade.

I fickorna på bussarongen hade han lite bitsocker, och två gråpaltar.

Jag frågade var han funnit palten — jag hade nämligen aldrig förut sett kapten Nemo med palt. Han svarade intet på detta, men menade att möglet på paltarnas ena sida lätt kunde avlägsnas med kniven, som då kom väl till pass. Jag frågade då var han ville finna de nya förnödenheterna. Han svarade att i Alfred Sjögrens uthus funnes tunnbröd, och eftersom detta uthus låg intill skogskanten avsåg han att nästa natt tyst smyga sig dit, och utan att bli sedd ta sig in och ta tunnbrödkakurn.

Tänker du stjäla, frågade jag då förfärad. Nej, svarade han, men du är en människa i yttersta nöd, jag är din välgörare, därför måste jag handla så.

Man måste förbarma sig över dig, sade han. Jag nickade instämmande.

Och han sade: Någon av de närmaste nätterna kommer jag att ta med mig en vän till dig. En som också kan bistå dig. Vem är det, frågade jag, är det Eeva-Lisa.

Nej, svarade han. En annan vän. Men fråga nu inte mer.

Han reste sig, erinrade sig plötsligt något, och stack handen i sin ficka. Han överlämnade till mig ett notesblock och en blyertspenna.

Han gav mig dem, och gick. Han var ännu blöt där bak.

Jag gick in i grottan med tulpantyget svept om mig. Döpojken och kattflickan sov nu lugnt.

Jag la mig på grottans golv, insvept i tulpaner. Jag drömde om Välgöraren, och om den vän som följande natt, eller någon av de följande nätterna, enligt min välgörare skulle komma och besöka mig.

3
Tidigt nästa morgon lämnade jag grottan och gick bort till det nedsågade älgtornet.

Golvet till själva plattformen, och räcket runt om, låg nedstörtat och delvis sönderbrutet: ingen hade varit där för att reparera, eller uppsamla virket. Jag betraktade vaksamt dalen där nere. Jag kunde se någon, mycket svart och liten, gå över gårdsplanen till Sehlstedts. Men inga båtar i sjön, och ingen som ropade.

Han som gått över Sehlstedts gård var nog Yngve, tänkte jag. Sedan funderade jag över om det betydde något. Men det betydde inget. Jag förstod att i detta nödläge, där jag som förlist nu befann mig, var det så, att det som tidigare betytt något nu inte längre betydde något. Jag förstod att jag fick rensa bort det förut betydande, eftersom situationen nu blivit en helt annan.

Jag började bryta loss entumsbräderna. Det var välbyggt och jag slet hårt.

Det var ju lätt att tänka på att här uppe i tornet hade Eeva-Lisa och Fienden varit en gång. Det var här själva olyckan började. Men sen kom jag på det klara med att man aldrig kunde veta var en olycka egentligen börjar. Det kunde vara långt tidigare, till exempel när vi blev utbytta, eller när mamma försökte hinka ut grodorna, eller så. Därför var älgtornet inte mer skyldigt än något annat.

Jag fick ihop ett tiotal brädor, och slog in spiken med en sten. Sedan bar jag ner alltsammans, i två vändor, till de döda kattornas grotta.

Jag byggde ett golv att sova på.

Det var som en brädsäng. Den bestod av brädorna från det nedstörtade älgtornet.

Döpojken betraktade mitt arbete med ett mycket litet leende över sitt benvita ansikte. Jag önskar att jag kunnat läsa hans tankar. Han kunde ju inte veta varifrån brädorna voro hämtade, och vilken betydelse de haft, inte bara i mitt liv, utan också i hans.

Jag önskade att han haft ett namn.

Jag rätade upp honom och han misstyckte det inte.

Han hade ännu sjögräs på det ena benet, som var

som en fågels och till skillnad från skelettet i övrigt ej vitt. Under nattimmarna tycktes han mig mer orolig än under dagen.

En gång tycktes han borta, alltså så att han övergett platsen intill kattflickan. Jag gick då ut ur grottan och ropade på honom. Han svarade inte. När jag återvände satt han återigen vid kattflickans sida, men med ett litet egendomligt leende på läpparna.

Notesblocket, kapten Nemos sista lilla gåva, hade jag fram till denna tidpunkt icke ägnat en tanke.

Jag öppnade notesblocket, och fann till min förvåning att där fanns nedtecknad en vers, med kraftig handstil, förmodligen med en så kallad timmermanspenna. Man kan säga: ett poem.

Där stod:

Ett elddon med stål och flinta
En tunna skeppsskorpor
Några böcker, papper, pennor och bläck
Två yxor, två sågar, två hyvlar, ett par järnstänger,
en hammare, spik och åtskilligt annat i verktygsväg
Två fullständiga kostymer
Två dussin skjortor
Två bössor, två sablar, två jaktknivar och ett par
pistoler
En liten kagge krut och en fjärding hagel
En kikare samt
En rulle segelduk

Jag såg som förstenad på dikten. Jag kände ju inte igen handstilen, men insåg genast vad kapen Nemo hade givit mig.

Det var det notesblock i vilken min pappa skrivit sina verser innan han dog.

Han hade skrivit dikterna med timmermanspenna. Sedan hade han dött, när jag bara var sex månader gammal, och mamma i det gröna huset hade kommit hem från sjukstugan sent en kväll och chauffören, det var Marklin, hade vänt sig om och frågat detta om att förbarma sig.

Och jag hade trott att notesblocket var bränt. Men det var det inte. Pappa hade skrivit en bärgningslista. Och han hade bett kapten Nemo överlämna notesblocket till mig.

Jag förstod. Jag kunde inte fatta att han redan då, när jag var så liten, och inte hade blivit utbytt ens, hade förstått vad som skulle hända med mig. Och vilka råd jag behövde. Men det var ju så mycket man inte förstod när man var i nöd.

Han hade skrivit versen med bärgningslistan till mig, hans egen pojke. Nu hade kapten Nemo kommit med den. Och när jag förstod att pappa inte efterlämnat mig, blev jag alldeles eljest, och började flänna.

Jag förstod precis vad det betydde. Det var pappas dikter. Han hade skrivit dem till mig.

Följande dags morgon vaknade jag tidigt av ett rop.

Kapten Nemo stod i grottmynningen och tecknade till mig att komma ut. Han hade tunnbrödkakorna med sig, och en fårskinnsfäll. Jag förstod att han osedd hade tagit sig in i uthuset och lyckats med sin bedrift.

Jag tackade ivrigt min välgörare, men han tystade mig med en handrörelse, och var med ens försvunnen.

Jag återvände till min sömn. Jag tyckte dock, innan jag föll i sömn, att döpojken — eller kattflickan — svagt jämrade sig. Men de föreföll icke vara på något sätt eljest, och såg som förut rakt fram.

Jag fuktade deras läppar med melass, men de rörde inte läpparna, och sade intet.

Inga fler ljud. Brädorna hindrade kylan. Jag hade brett fårskinnsfällen över träbädden.

Inga drömmar.

4

Från tallens topp såg jag att man börjat slå lägdorna hos Sehlstedts.

Under flera nätter ingen kapten Nemo. Döpojken satt alldeles stilla, och tycktes avvisande.

Vad har jag gjort dig, frågade jag flera gånger. Vi måste ju hålla ihop.

Han svarade icke.

En av verserna i notesblocket, skriven med timmermanspenna, hade jag dock förbisett. Den stod på den sista sidan.

Jag läste den rätt fort, och förstod ingenting. Efteråt har jag ju sett att Johannes infogat just den sidan, lösriven ur notesblocket, i kapten Nemos bibliotek.

Det var en rätt dålig vers. Handlade mest om kärlek. Fyra rader, och rimmad.

Den gjorde hemskt ont. Bärgningslistan hade han ju skrivit till mig, för att ge mig en dikt som hjälpte i stor nöd. Men versen på sista sidan, som förresten var rätt dålig, hade han skrivit till mamma i det gröna huset.

Själv hade hon ju slagit fast att versskrivande var syndigt, och sagt att hon bränt notesblocket. Pappa skulle, tänkte hon väl, slippa brinna i helvetet för några versars skull.

Det som gjorde ont var att han skrivit till henne. Och fastän det var en rätt dålig dikt, fast med rim, så förstod jag ju att vi sett olika människor i henne.

Nu är det ju för sent att se efter igen. Man lägger ofta ihop för sent. Varför skulle kapten Nemo egentligen komma med notesblocket, med sistsidan kvar, när det bara gjorde så ont. Man blir ju som rassan när man tänker på det.

Eeva-Lisas döpojke såg rakt fram och vägrade svara, när jag högt läste versen för honom.

"Nu ligger vi alldeles stilla". Vi? Man blev ju som tokut om man skulle föreställa sig det.

Bärgningslistorna i notesblocket kunde jag förstå. Men den här var svårare. Han måste ha skrivit den till mamma i det gröna huset.

För någon annan fanns det ju inte att skriva till. Jag försökte föreställa mig dem, som han beskrev hur de var den gången, kanske tjugofem år gamla, men det gick inte.

Det började sjunga ont i mitt huvud. När det sjunger ont blir man nästan förtvivlad. Den som han skrivit om måste ju vara samma en som stod i trappan och skrek åt Eeva-Lisa. Om man tänkte sig det, betydde det ju att jag och Johannes och Eeva-Lisa aldrig förstått hur hon var, egentligen.

Jag menar: vi hade efterlämnat henne. Och inte lyssnat på Marklin i bussen när han vände sig om. Det var ju henne man skulle förbarma sig över. Inte mig.

Kapten Nemo hade gett mig notesblocket med verserna. De kom från pappa, och var skrivna som hjälp i min nöd. Varför skulle då den här sista versen vara med, den som gjorde att det sjöng ont i mitt huvud.

Döpojken log. Jag blev som rassan, och hällde lite melass i hans båda ögon.

Jag kunde se vilken tid på dagen det var, men glömde att räkna dagarna.

Sehlstedts hade ett tjugosextal sköjtar synliga från talltoppen.

Det blev svårare och svårare att uthärda döpojkens och kattflickans ord och viskningar.

De låtsades som ingenting, men sade mycket, sinsemellan. Jag berättade detta för kapten Nemo när han kom nästa natt.

Han låtsades inte förstå, men lämnade fyra nya paltar, som han hämtat i Hugo Hedmans källare, samt en liter mjölk som han tjuvmjölkat föregående natt. Jag frågade honom varför det var så lätt att sova, och så svårt att vara vaken, men han förklarade inte.

Dagarna var värst. På nätterna drömde jag mycket om att vara en fågel instängd mellan vinterfönstret och sommarfönstret, och när jag vaknade frös jag.

Du har feber, sa kapten Nemo oroligt.

Jag gav döpojken av mjölken. Han öppnade munnen något lite, och det rann ner en smula, men mest utanför. Jag förstod att han blev tacksam, för denna efternatt viskade han intet.

Vad har du emot mig, frågade jag med skarp röst. Allt allt gjorde jag för Eeva-Lisa. Och hon efterlämnade mig med löftet att återuppstå i denna världen, men ännu har hon inte kommit. Vad är det för en mor du har.

Skarpt, som en Bibel, talade jag till honom. Han bara satt där med tomögonen fulla av melass. Då försökte jag viska, med mjukrösten. Gulle dig, sa jag, det var ju så hemskt att gå ner till sjölanne med dig i Norran och mamma din blödde ju så hemskt, jag skulle ha gått in till n'Sven Hedman, och på begravningen var det många som såg på mig som om jag hade tagit livet av jäntstackarn, alltså mamma din, men gulle dig hon sa åt mig att ta dig i Norran.

Han log bara. Han försökte väl, inför sig själv och inför mig, urskulda det som hänt. Mig, eller henne, eller mamma i det gröna huset.

Fast inte ett ord om honom som förrått henne.

Jag torkade hans ögonhålor rena från melassen med hjälp av tulpantyget.

När döpojken och kattflickan teg, och kapten Nemo var sysselsatt med att vara välgörare för andra, då blev det så tyst att man kunde höra ond sång.

Eeva-Lisa hade ju lovat att återuppstå. När det var särskilt tyst, alltså mer särskilt än vanligt tyst, satt jag och hoppades på Eeva-Lisas återuppståndelse.

5
Jag vaknade av att någon rörde vid min arm.
Det var kapten Nemo. Vid sin sida hade han mamma i det gröna huset.
Hur ser du ut, sa hon vänligt. Det är melassen, sa jag. Ta såpan och tvätt dig, sa hon. Hur fann du igen mig, frågade jag, men det brydde hon sig inte om att förklara.
Hon såg alldeles konstig ut i ögona, alldeles snäll. Jag kom hit för att inför dig bekänna en synd som har tryckt mig mycket, och som jag vill ha förlåtelse för, sa hon. Är det om Eeva-Lisa, frågade jag. Jer du tokut, genmälde hon, nästan skarpt. Nej, men jag ångrar att du aldrig fick ha katt. Men den första vi hade sket på järnspisen och då blev jag rent arg. Nu har jag tagit med en katt åt dig så du kan ha en, medans du är i yttersta nöd. Har du tagit med en katt, sa jag helt handfallen, och tillfogade skyndsamt: Ja, det där med järnspisen är ju helt förklarligt.
Jag ångrar att jag bytte bort dig, lite grann, sa hon liksom i förbigående. Johannes har ju aldrig egentligen funnits, sa hon, nästan högtidligt. Nä, sa jag, det är ju helt naturligt. Ja, sa hon, men det är ju det där att du aldrig fick katt som är värst. Kan du tillgiva mig.
Jag nickade. När förstkatta sket på järnspisen är det ju fullt förklarligt, sa jag. Gulle dig vå du jer behändig, sa hon då, nu har jag bekänt min synd.
Hon hade Eeva-Lisas tulpanklänning på sig. Det var helt konstigt, eftersom jag låg insvept i samma bomullstyg, men ingen av oss tyckte det var något att divla om.

Här har du kattrackarn, sa hon. Det är Eeva-Lisa. Hon är återuppstånden. Våfför var du så arg på a'Eeva-Lisa, sa jag försiktigt. Jamen alla barna sammangaddade sig ju så jag blev helt efterlämnad, sa hon strängt. Ändå mer än förr, och det var ingen som förbarmade sig över en ensam kwinna. Ja det är klart, sa jag. Är det här Eeva-Lisa.

Jo, sa hon och hördes snäll. Och hon är nu återuppstånden.

Hon såg sig om i grottan, såg på döpojken och kattflickan, tittade på provianten, och nickade bekräftande.

Och sen gick de. Kapten Nemo hade inte sagt ett endaste ord. Men katta lämnade de kvar.

Man såg ju direkt att det var Eeva-Lisa, fast man fick på sätt och vis vänja sig också.

Hon hade samma vackra mörka sneda ögon som förr, och var svart i pälsen, men ganska mager. Hur har du haft det, Eeva-Lisa, frågade jag. Jo, sa hon. Det tog då lång tid för dig, sa jag. Men jag har varit ganska långt också, sa hon. Det var hemskt den där natten, sa jag, men jag bar ner döpojken i Norran och nu har jag hämtat tillbaka honom hit. Jag vet, sa hon, man måste alltid hämta tillbaka.

Hon var så klok.

Jag tog av mig klänningstyget med tulpanerna som växte nedåt, och lindade försiktigt in henne. Nu ska du sova, sa jag, sen får du berätta allt hur det har varit. Och du också, sa hon, ska jag verkligen sova nu. Det ska du, sa jag. Tänk att inte räven tagit dig. Ja fast det var hårt ibland, sa hon. Jag har mjölk, sa jag, det ska du få i morron. Nu ska du sova.

Jag la henne i armvecket med nosen inåt. Hon var så vacker och fin. Tänk att du kunde återuppstå ändå. Mmmm, sa hon.

Hon sov nästan med en gång. Jag strök henne över tulpantyget. Det var precis som jag föreställt mig det, den gången jag inte vågade.

I sexton dagar levde och talade vi tillsammans. Det var som det skulle vara. Precis som jag alltid föreställt mig hur kärleken var. Vi skulle sitta och genmäla till varandra, och ibland skulle jag stryka över tulpantyget med hanna, och då skulle hon småle mot mig.

I sexton dagar fick vi vara tillsammans, och jag fick säga allting jag ville. Det konstiga var att det ändå inte blev hoplagt för mig. Man säger allting precis som det är, och det är bra. Men det blir inte hoplagt. Det kan man egentligen först göra när man går igenom kapten Nemos bibliotek, och ser efter hur man kan ocksåsäga det. Först ocksåsäger man det. Sen går det ett långt liv, man reser långt, man gör människor illa och de gör också en själv rätt illa. Och så börjar man lägga ihop.

Men sexton dar med Eeva-Lisa i de döda kattornas grotta, det var ändå början. Jag tror att det var därför hon återuppstod, och kom tillbaka till mig.

Och den sista natten — jag visste inte då att det var sista, men det blev det — sa hon till mig det jag sen skulle tänka mycket på. Jag har varit borta, viskade hon medan hon låg med nosen uppe i mitt armveck och hade tulpantyget runt om sig som vi alltid hade det, men har återvänt. Sedan ska jag lämna dig igen. Och du måste vara tyst nu, i några år, och tänka efter. Du trodde först inte att det var möjligt att man dog, och sedan återuppstod i detta jordelivet. Men du ser ju att det var möjligt. Det värsta kommer nu. Det är nu du ska bli vuxen. Men du måste lägga ihop. Om du inte gör det, då har det ju inte varit någon mening alls med mitt liv, min död, och min återuppståndelse.

Vad ska jag lägga ihop, sa jag. Det kommer du att förstå, sa hon. Man får en smäll, men ingenting är ohjälpligt. Det var det jag kom tillbaka för att säga. Och vad ska jag då lägga ihop, upprepade jag.

Hon hade svarta sneda ögon och fin päls. Och hon hade kommit tillbaka. Det skulle ta många år innan jag förstod vad hon hade svarat. Så är det med dem som återuppstått. Det tar tid innan man förstår vad de säger, och varför de återvänt.

Så hon berättade som det var. Och jag förstod ingenting. Och då kurade hon ihop sig i mitt armveck igen, och somnade med nosen upp.

Och hur jag än söker i kapten Nemos bibliotek kan jag aldrig, aldrig finna det som utsäger vad den återuppståndna Eeva-Lisa den natten förtalte mig. Det kan inte nedskrivas, har jag förstått. Man kan bara lägga ihop.

De fann mig den 21 augusti 1945.

Jag antar att de observerat kapten Nemo någon gång när han smygande hämtat proviant till mig, och förstått. Det var tre man som återfann och hämtade mig, och inte mycket fanns ju att säga. Jag gjorde nästan inget motstånd alls, men sa till dem att jag ville ha med mig melassen och provianten, och att döpojken skulle med, men att de kunde lämna kattflickan.

De satte då på mig en varm tröja, samlade ihop provianten, blev kanske något bestörta över döpojken men rullade in honom i tidningspapper, det var Norran igen, och tog honom med.

Sedan lämnade vi de döda kattornas grotta.

Virket från älgtornet fick bli kvar.

Eeva-Lisa hade smitit ut när de kom in genom grottans öppning. De försökte inte ta fast henne, och jag sade intet. Hon försvann in i skogen, hon hade återvänt som hon lovat, men nu försvann hon in i min barndoms skog.

Jag vet att räven är farlig, och att det blir hårt, men jag vet att hon klarar sig.

De tog ner mig till det gröna huset, innan de förde mig vidare till förvaring.

Mamma mötte i dörren, tog mig i högerhanna, hon såg behändig ut i ögona igen. Tog mig i hanna och förde mig upp till sovrummet där hon la mig på sängen. Där, sa hon, skulle jag sova en stund. Sedan de gått såg jag hur hon stod i fönstret, hon försökte vara tyst men jag hörde att hon flännade.

Då gick jag upp och tog henne i hanna. Där stod vi en stund och såg ut över dalen: över rönnen, och nyponhäcken, och kallkällan med grodorna. Jag höll henne hårt hårt i hanna, för att hon inte skulle vara lessen. Och hon tog inte bort hanna, utan så där fick vi stå, ända tills hon ledde mig till sängen och satt där och såg på mig medan vi inväntade att jag skulle somna.

Jag sa ingenting, och inte hon heller. Men vi behövde ju ingenting säga mer, för allt var ju sagt redan den gången hon besökt mig i grottan. Jag hade förlåtit henne för det där med katta, och hon hade förlåtit mig för att jag inte förbarmat mig över henne, och vi förstod allting.

Och det var som det borde vara.

EPILOG
(Utgångspunkter)

Har inte fienden funnits, måste man återskapa honom.

Jag teg i fyra år och två månader, medan man betraktade mig, och jag försökte få det att hänga ihop. Det var ju inte så att jag ingenting hade att säga, som de trodde. Men jag tänkte efter.

Sedan blev jag frisk, som de sa. Men fastän de trodde att jag varit sjuk, vilket jag inte var, blev jag inte heller då frisk, eftersom jag inte fått det hoplagt.

Det var bärgningslistorna i notesblocket som fick mig att förstå hur jag skulle börja. Jag återfann dem, efter alla dessa år, i kapten Nemos bibliotek.

Jag har snart genomgått biblioteket.

Inte allt, det hinner jag nog inte. Men jag har lagt ihop, och försökt tänka färdigt.

Det klarar jag aldrig, det vet jag. Men jag drömmer ibland, eftersom så många år gått sedan det hände, drömmer hemliga och lyckliga drömmar att det verkligen vore möjligt: inte bara att försöka lägga ihop, försöker, det gör jag verkligen, utan att till sist lyckas. Och till slut kunna skriva: så var det, det var så det gick till, detta är hela historien.

Vaknade 3.45, drömmen om de döda kattornas grotta

fortfarande alldeles levande. Strök ofrivilligt fingret mot ansiktet, mot kindens hud.

Hade varit mycket nära svaret.

Gick upp.

Därute över vattnet hängde en egendomlig morgondimma, mörkret hade lyft, men kvar fanns ännu ett svävande grått täcke, inte vitt, utan med ett slags mörkrets återsken; det svävade några meter över vattenytan som var absolut blank och stilla, som kvicksilver. Fåglarna sov, inborrade i sig själva och sina drömmar. Var det så att fåglar kunde drömma? Dimman var så låg att den bara lämnade vatten och fåglar kvar att se, bara en svart orörlig vattenyta, ett oändligt hav. Jag kunde föreställa mig att jag befann mig på en yttersta strand, och framför mig ingenting.

En yttersta gräns. Och så fåglarna, inborrade i sina drömmar.

Plötsligt en rörelse: en fågel som lyfte. Jag kunde inte höra ett ljud, såg bara hur den piskade med vingspetsarna mot ytan, kom fri, lyfte snett uppåt: och det skedde plötsligt, och så lätt, så tyngdlöst. Jag såg hur den lyfte och steg och steg upp mot dimmans grå tak, och försvann. Och inte ett enda ljud hade jag hört.

Jag väntade, men ingenting mer, absolut ingenting. Kanske var det så för henne den natten i vedbon, upplutad mot huggkubben. Jag tror det. Inte alls så hemskt som den gången hon efterlämnade mig.

Bara som en fågel som lyfter och stiger och plötsligt är borta, och återvänder, som klockans visare, men förändrad, fast ej till det yttre.

Han antecknar i marginalen kodorden, nu kan jag lätt tyda de flesta.
"Likkortet. Plötsligt ser han sig själv."
"Signal."

Besvärjelserna har jag till sist accepterat, alltså att de finns. När man ser att de är besvärjelser blir de lättare att bära.

"Efter hans död hittade man i hans ficka ett notesblock med dikter han skrivit, för hand, med blyertspenna. Det var lite egendomligt, skogshuggare där uppe skrev väl inte så ofta dikter.

Man brände genast häftet.

Jag vet inte varför. Men kanske var det så att dikt var synd, att konsten var något syndigt, att han fallit, och då var det bäst att bränna. Men jag undrar ibland vad där stod.

Alltså: man brände, och så var det borta. Ett meddelande som aldrig blev avsänt. Ibland tror jag att en del av det jag själv försökt göra måste uppfattas som försök till rekonstruktion av ett bränt notesblock."

Inte rekonstruktion: besvärjelser.

Det var kanske inte så, att jag teg medan jag förvarades.
Men jag sade intet.

De fann många sätt att förklara mig, de år jag var förvarad.

Till slut tror jag de började tycka om mig. Det fanns så många förklaringar, och jag höll med om alla, för att få dem att tycka jag var behändig.

Jag teg, men talade livligt. Branden talade jag aldrig om. Men den var helt naturlig. Man blir ju rent förtvivlad över dom som inte förstår att grodorna måste försvaras, att Välgöraren sjunger genom himlaharpan när Människosonen låtsas inte ha tid längre, att en människa kan återuppstå till detta jordelivet, och att rönnen är ett lyckoträd, där det på vintern finns snö och fåglar.

Allting är ju egentligen enkelt. Fast det tog lång tid att få det enkelt.

Johannes återuppstod ju aldrig.

Det är ju så, att om någon inte funnits, då kan han inte dö, och då kan han heller inte återuppstå. Han var min bästa vän. Det var så jag hade velat vara, fast det var han som blev förrädaren.

Det försökte jag förklara för dem som förvarade mig. Men intet förstodo de.

De gav mig en katt, för de trodde att jag tyckte mycket om kattor: jag skulle ta ansvar för katten, och det skulle stärka min karaktär under förvaringen.

Så löjligt. Det var, å andra sidan, verkligen på tiden. Och de förstod ju inte att Eeva-Lisa hade rymt ut i min barndoms skog, där hon klarade sig bra, och väntade.

Jag öppnade slussarna till vattentankarna, och gick i båten. Alla ljus i Nautilus var tända. Där inne i biblioteket låg Johannes på kökssoffan och såg behändig ut, och var död.

Återuppstå, det kan man ju bara själv, och i detta jordelivet. Det var väl det jag förstod till sist. Enklare än så är det inte. Men vem har sagt att det ska vara enkelt.

Franklingrottans väggar bleknade långsamt när farkosten sjönk. Jag satt i aluminiumbåten och var alldeles lugn. Nautilus sjönk långsamt genom det svarta vattnet, ljusen blev blekare och blekare, och till slut var det bara som ett svagt norrsken som fladdrade, och försvann.

Jag rodde ut, och var fri. Det var ju dit ut jag måste tillbaka, fast fri.

Sven Hedman besökte mig en gång i förvaringsrummet.

Jag tror han tyckte om mig. Han sa att vi borde ha tagit bättre hand om a'Alfild när hon blev häst. Jag sa ingenting, men vi var ense till sist.

När han gick klappade han mig på mulen, som om också jag varit en häst.

Sven Hedman borde jag också tagit hand om bättre.

Josefina, mamma i det gröna huset, kom en enda gång på besök innan hon dog.

Hon hade svårt att prata, men ville komma tillbaka,

sa hon, det var nånting hon inte förstått. Hon var liksom förtvivlad. Men jag tänkte att det fanns ju inget skäl att vara förtvivlad. Eeva-Lisa hade ju kommit tillbaka till mig. Och fastän dom trodde att hon smitit ut ur grottan den gången, och försvunnit i skogen, så hade hon ju stannat hos mig.

Det var så enkelt, bara man tänkte efter.

Josefina såg gammal ut när hon gick. Ändå var hon ännu på något sätt vacker, fast hon var gammal, och lessen.

Hon förstod inte, hade hon sagt. Men vem har sagt att det går att förstå. Det kan man ju inte, men vilka vore vi om vi inte försökte.

Klart väder i natt. Man ser stjärnorna, men inget norrsken.

Vart tog det vägen.

Så var det, det var så det gick till, detta är hela historien.

Per Olov Enquist

Kristallögat 1961
Färdvägen 1963
Magnetisörens femte vinter 1964
Sextiotalskritik 1966
Hess 1966
Legionärerna 1968
Sekonden 1971
Katedralen i München 1972
Berättelser från de inställda upprorens tid 1974
Tribadernas natt 1975
Chez Nous (tills. med Anders Ehnmark) 1976
Musikanternas uttåg 1978
Mannen på trottoaren (tills. med Anders Ehnmark) 1979
Till Fedra 1980
En triptyk 1981
Doktor Mabuses nya testamente (tills. med Anders Ehnmark) 1982
Strindberg. Ett liv 1984
Nedstörtad ängel 1985
Två reportage om idrott 1986
Protagoras sats (tills. med Anders Ehnmark) 1987
I lodjurets timma 1988
Kapten Nemos bibliotek 1991
Dramatik 1992
Kartritarna 1992
Tre pjäser 1994
Hamsun 1996
Bildmakarna 1998
Livläkarens besök 1999
Lewis resa 2001